檔案編號：___ ___ ___

逃出這本書3

月球迷航記

這場情節緊湊的冒險行動，圍繞著美國國家航空暨太空總署從1960年代開始的阿波羅登月任務打轉，裡面充滿了令人驚奇的史實。不過這並不是一本歷史書籍！在整場冒險期間，你會碰到真實的歷史人物，但故事靈感是來自不同任務的融合。想深入了解更多史實，就閱讀最後面的逃脫大師檔案吧！

—— 逃脫大師

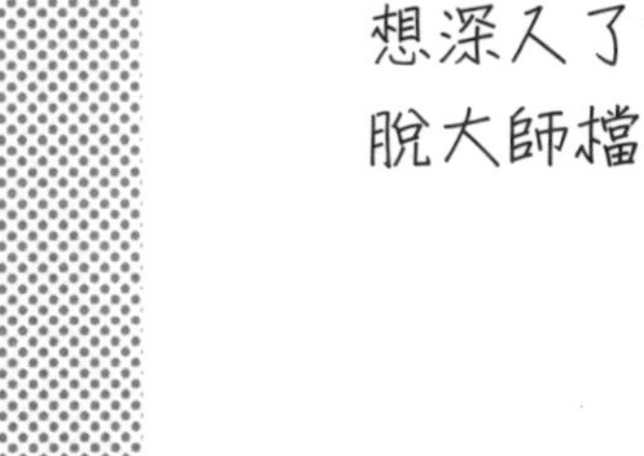

「休士頓，我們有麻煩了。」
——阿波羅13號任務指揮官吉姆．洛威爾
故事都還沒開始，
別現在就撞毀
你的月球車！
快——
在這裡補畫輪胎！

逃出這本書3

月球迷航記

文／比爾．道爾

圖／莎拉．賽克斯 和 你

譯／謝靜雯

這是一本虛構的作品，除了知名的歷史人物事件外，書中的故事、對話，包括角色，都是作者創造出來而非真實存在。為了配合情節需要和閱讀樂趣，許多畫面和對白因此加入想像設計，並不是按真實史實描繪。如果這些創造出來的情節跟某些現實事件相符，則純屬巧合。

知識讀本館

逃出這本書3 月球迷航記

ESCAPE THIS BOOK! RACE TO THE MOON

作者｜比爾．道爾 Bill Doyle　繪者｜莎拉．賽克斯 Sarah Sax　譯者｜謝靜雯
責任編輯｜戴淳雅　美術設計｜李潔
行銷企劃｜陳詩茵

天下雜誌群創辦人｜殷允芃　董事長兼執行長｜何琦瑜
兒童產品事業群
副總經理｜林彥傑　總編輯｜林欣靜　版權主任｜何晨瑋、黃微真

出版者｜親子天下股份有限公司
地址｜台北市 104 建國北路一段 96 號 4 樓
電話｜（02）2509-2800　傳真｜（02）2509-2462
網址｜www.parenting.com.tw
讀者服務專線｜（02）2662-0332　週一～週五：09:00~17:30
傳真｜（02）2662-6048　客服信箱｜bill@cw.com.tw
法律顧問｜台英國際商務法律事務所．羅明通律師
製版印刷｜中原造像股份有限公司
總經銷｜大和圖書有限公司　電話：（02）8990-2588
出版日期｜2021 年 11 月第一版第一次印行
2022 年 7 月第一版第二次印行
定價｜280 元　書號｜BKKKC186P
ISBN｜978-626-305-100-3（平裝）

訂購服務
親子天下 Shopping｜shopping.parenting.com.tw
海外．大量訂購｜parenting@cw.com.tw
書香花園｜台北市建國北路二段6巷11號　電話（02）2506-1635
劃撥帳號｜50331356　親子天下股份有限公司

立即購買 ＞

國家圖書館出版品預行編目資料

逃出這本書 3 月球迷航記 /
比爾．道爾 Bill Doyle 著；
莎拉．賽克斯 Sarah Sax 繪；謝靜雯譯.
-- 第一版. -- 臺北市：親子天下，2021.11
192 面；17 x 21.8 公分. --
譯自：ESCAPE THIS BOOK! RACE TO THE MOON
ISBN 978-626-305-100-3（平裝）

874.596　110015652

獻給美國國家航空暨太空總署那些勇於夢想、
膽識過人以及起而行動的人
——比爾・道爾

獻給A.S.：久久遠遠。
——莎拉・賽克斯

在這裡畫上你的臉！
1969年至1972年間，這樣的登月艙曾到訪月亮總共六次。
從這裡往上摺
畫完之後，將這頁書角朝你的方向往上摺。

你被困在這本書裡，
而這本書是一場阿波羅登月任務！

再過幾頁，你就會負責指揮一場太空飛行、高速飛離地球，或乘著月球車橫越陌生的月球表面，或是帶領任務控制中心，從地面引導飛航團隊！

我是誰？我可是全世界最偉大的逃脫大師！我正想找位幫手，跟我一起挑戰非常特別的任務。如果你成功逃離這本書，證明自己的能耐，就可以獲得更多訊息——包括我在哪裡。

我現在走不開，所以派出寵物囊鼠阿米卡斯，在你歷險期間觀察和幫助你。牠是個偽裝大師，當然沒我厲害！不過你要畫出來才看得到牠。必要時我會讓你知道，牠就在你身邊。

在這裡畫出我的囊鼠阿米卡斯！

別被留在月
球上飄浮！
翻頁吧！

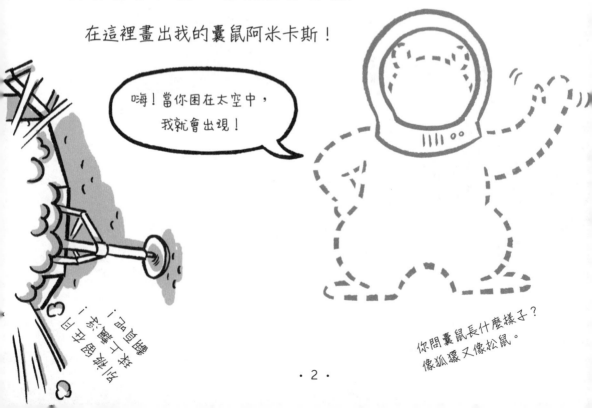

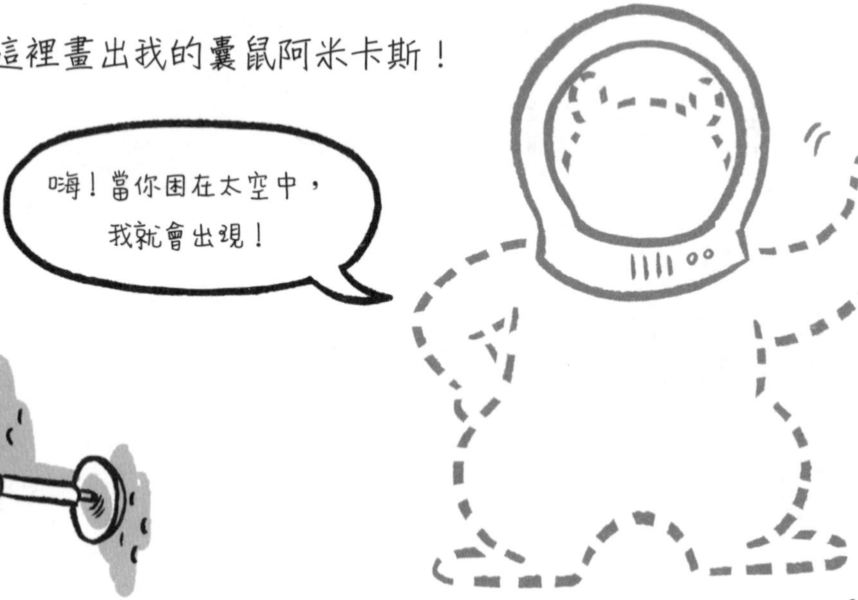
嗨！當你困在太空中，
我就會出現！

你問囊鼠長什麼樣子？
像狐獴又像松鼠。

為了活下去，你必須塗鴉、破壞並決定你的下一步。試試以下三個快速挑戰，練習逃脫技術吧！

快破壞！

快速挑戰1

當我要你撕扯、翻摺或揉皺頁面時，不要遲疑就動手吧，這可是分秒必爭！

打開這個太空艙的門，想辦法爬進去！

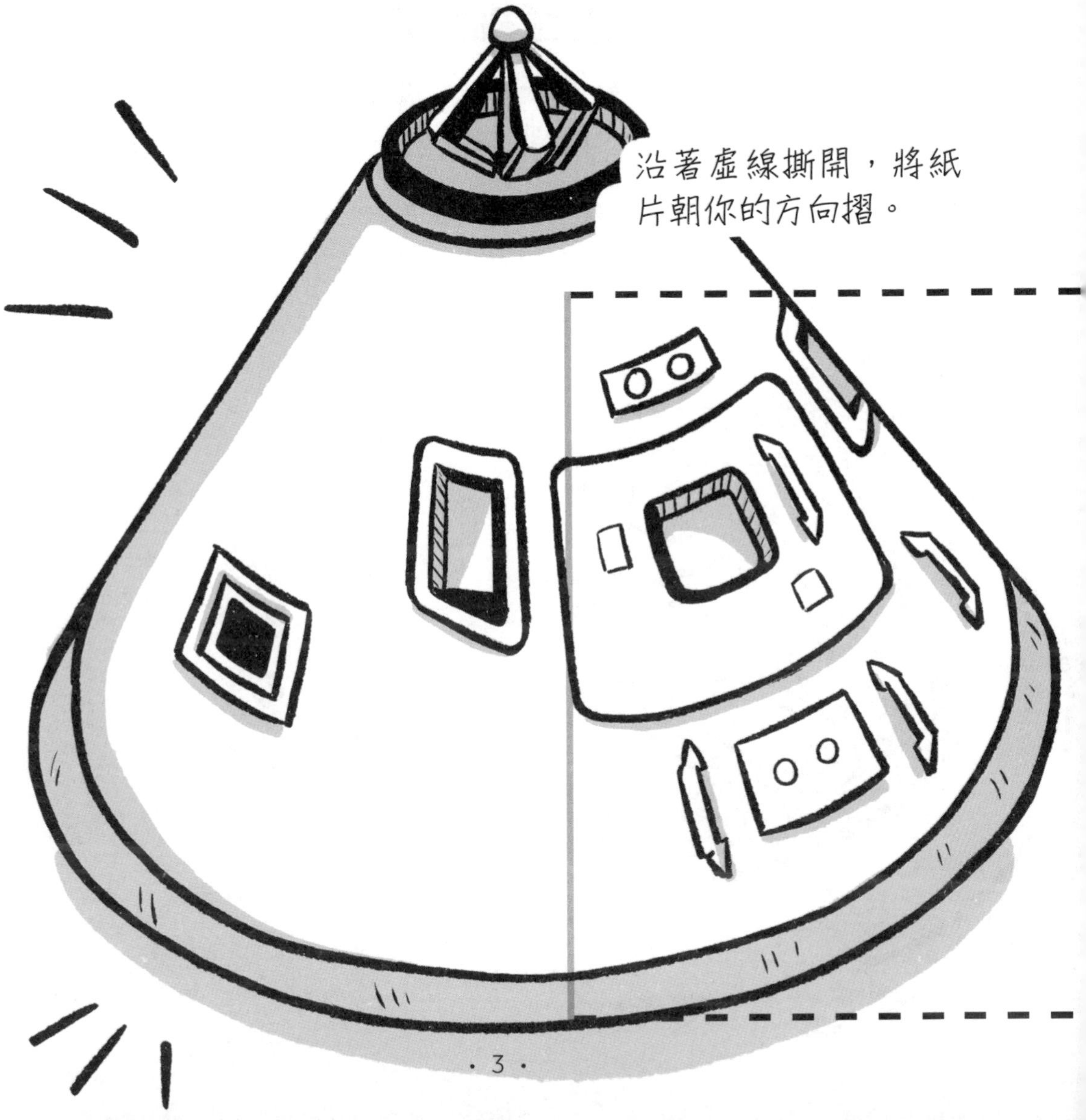
沿著虛線撕開，將紙片朝你的方向摺。

當你挑選逃生路線時，必須迅速做判斷。本書最後的「逃脫大師檔案」裡面，記載許多能幫助你的資訊。只要看到這個檔案夾的圖案，就照指示翻到那些頁面。當然，你隨時想看也都沒問題。

做決定！

快速挑戰2

農神 5 號火箭負責將阿波羅任務送上太空，擁有史上數一數二強大的引擎，高度超過 36 層樓！

來試試你的第一個決定吧。

你和另外兩位太空人在
發射升空期間和大半飛行
旅程都會坐在這裡。
翻到下一頁。

農神5號
火箭高度：
110.6公尺
兩座自由
女神像高度：
92公尺

在發射升空前，想更認識農神5號嗎？翻到第182頁。

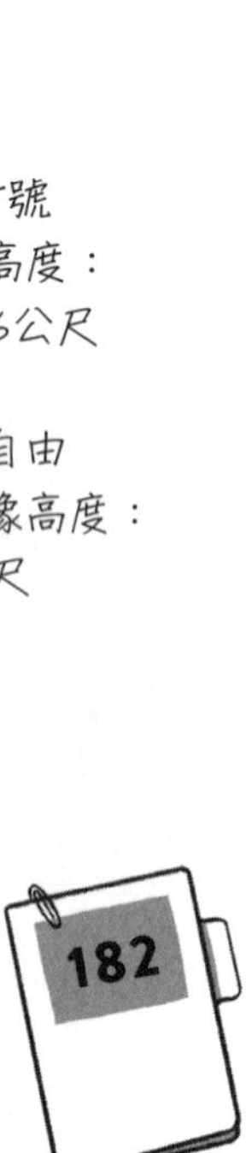
182

或者你認為自己已經知道得夠多了？繼續閱讀下一頁。

快準備好一枝原子筆或鉛筆，幫你藉著畫畫逃出棘手的地方或「穿越」紙張！

快塗鴉！

快速挑戰3

你將在巨大的農神 5 號火箭頂端，朝著月亮噴射而去 —— 然後你會乘著小小太空艙回到地球的大氣層。但你的逃脫沒有就此結束。你還必須安全的降落在大海裡。

太空船返回地球的速度太快，就要撞進水中了！
快！在兩個箭頭底下各畫一頂降落傘，放慢你前進的速度。

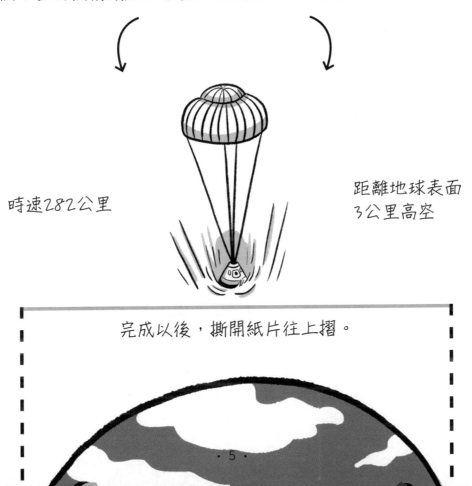

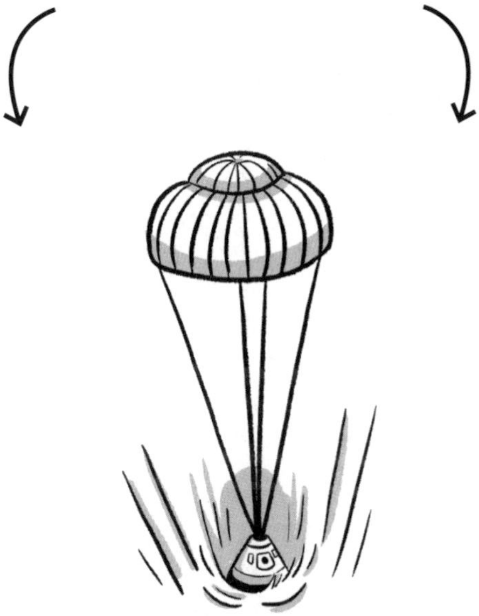
時速282公里
距離地球表面
3公里高空

完成以後，撕開紙片往上摺。

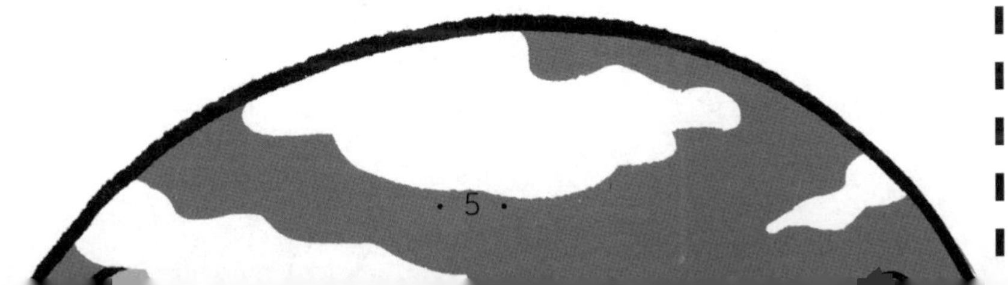

很棒！基本知識你都知道了。
現在來看看阿波羅計畫的相關資料，準備發射升空！

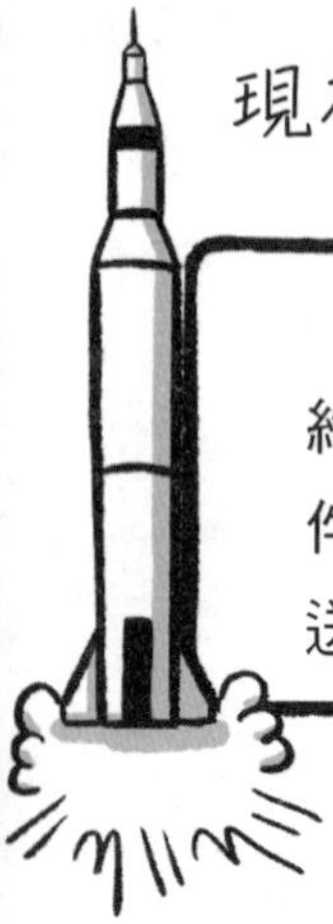

1961 年，當時的美國總統約翰·甘迺迪想挑戰做一件前所未有的事 —— 把人送到月球上。

NASA 發動 6 次阿波羅任務，從 1969 年的尼爾·阿姆斯壯和巴茲·艾德林開始，總共將 12 位太空人送上月球。

「NASA」是「美國國家航空暨太空總署」通用簡稱。

在每一次的阿波羅任務裡，三位組員會穿越太空數十萬公里，前往月球再回來。

超過150萬公里

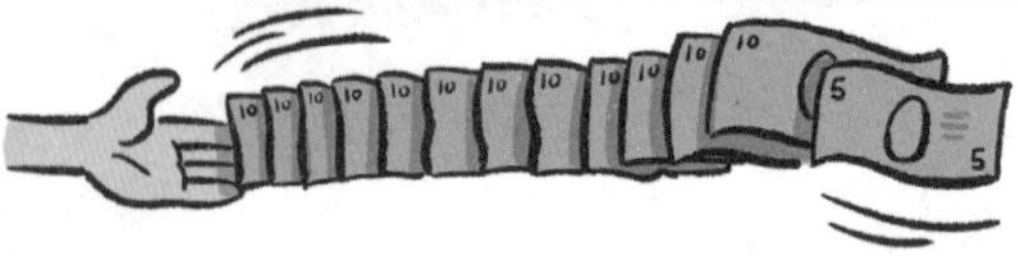

阿波羅計畫在當時花費約 250 億美金。換算成今日幣值，大約超過 4 兆 5 千億臺幣。

前往下一頁。

棒極了！你的太空船輕巧的掉進水裡。翻頁。

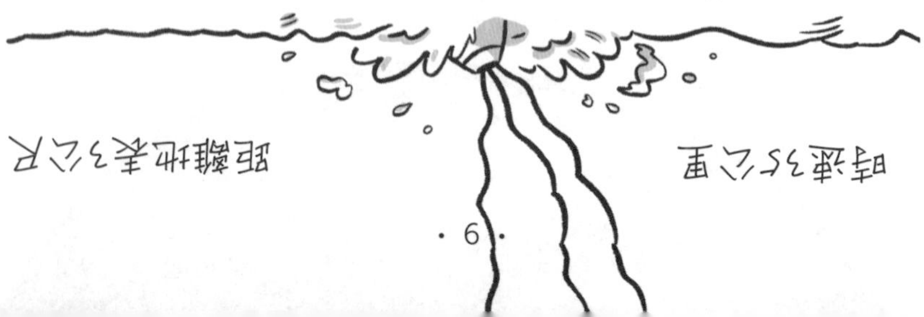
時速35公里
距離地表3公尺

在這場偉大的逃脫裡，你要扮演誰？

先選一個空格，寫上你的名字。我之後會把你送回這裡，讓你嘗試其他路線！

難度提醒！想照什麼順序選擇路線都隨你。但是注意啦，以下是按照普通棘手到超級棘手排序。

任務指揮官

＿＿＿＿＿＿＿＿＿＿＿＿＿＿＿＿

身為首席太空人，你負責在太空任務中發號施令。你能不能逃脫重重危險情境，出發去月球再平安回來？發射到第 120 頁。

月球車駕駛

＿＿＿＿＿＿＿＿＿＿＿＿＿＿＿＿

你將操控四輪機械車探索月球。但首先，你有沒有安全降落在月球表面的能耐？駛入第 68 頁。

飛行指揮官

＿＿＿＿＿＿＿＿＿＿＿＿＿＿＿＿

你是休士頓任務控制中心的頭頭。你能夠在眨眼之間做出生死攸關的決定嗎？帶路前往第 8 頁。

祝你好運。（你會需要好運的！）

飛行指揮官路線

你認為你可以引導三個太空人，橫越數十萬公里危機四伏的太空，安全降落在月球上？嗯，我可不確定。首先，來看看你知不知道自己人在哪裡！

你曉得你在任務控制中心工作嗎？你負責針對太空任務做出重大決定，一天 24 小時都要緊盯著太空船和組員。而且，準備要發射的火箭其實距離你 1500 公里遠。

證明你能夠到達任務控制中心。
從起點到終點，找出最短路徑，穿過這座迷宮。
將經過的字母，照順序填入底下空格。

神祕暗號：_____ _____ _____ _____

完成以後，前往下一頁。

如果你被困住了，翻到第 183 頁求救。

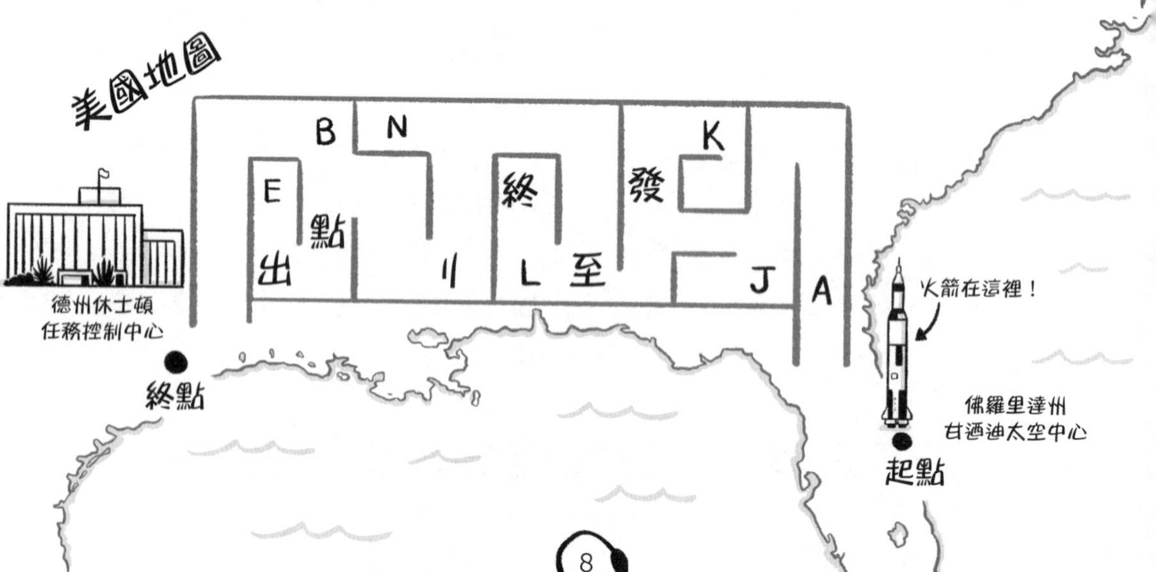
美國地圖
B
N
K
E
終
發
點
出
L
至
J
A
德州休士頓
任務控制中心
終點
火箭在這裡！
佛羅里達州
甘迺迪太空中心
起點

飛行指揮官必須在任務期間做出**重要**、**大膽**的決定。你得一路從許多陷阱逃脫。其實，你現在就在一個陷阱裡！。

從 _____ _____ _____ _____ 畫出一道大大的波浪線條

填上剛剛的神祕暗號！

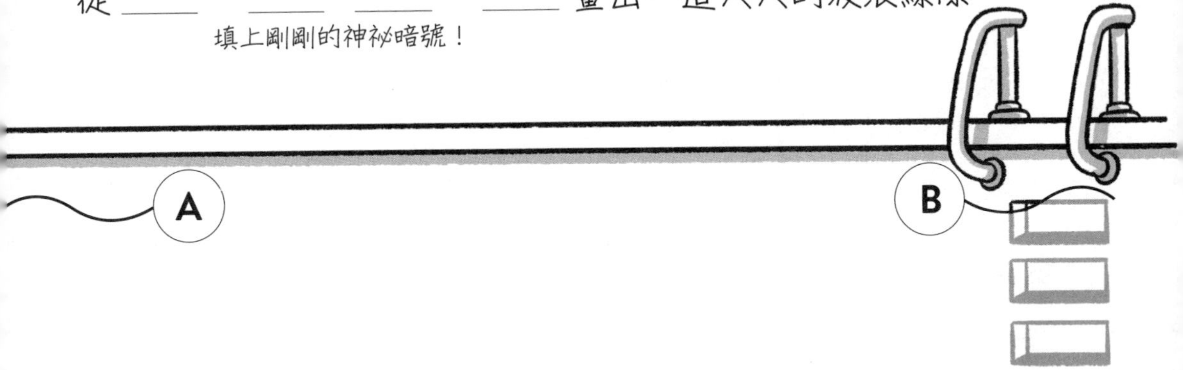

A
B

在這裡畫出五道**又短又粗**的波浪線條，看起來像跳舞的蟲子。我替你畫了一些——因為我是大好人。

畫完以後，沿著虛線撕開，摺起紙片，查出自己身在哪裡。

你絆了一跤，摔進太空人的訓練水池。用這種方式展開發射日可不好，飛行指揮官！

幸好你姊姊莉內特也替美國太空總署工作。她正站在池子邊呼喚你：「噗嚕噗嚕！」

阿波羅任務期間有多少女性在NASA工作？
翻到我的「逃脫大師檔案」查一查。

175

噗嚕噗嚕？這是你的名字？不，莉內特的聲音扭曲了，因為你還在水裡。你嘩啦啦浮到表面時，她哈哈大笑：「你向來喜歡一頭栽入工作呢！」

在你身旁漂的是什麼？你的家庭照片從口袋掉出來了。

把你自己畫進照片裡！別忘了畫家裡養的寵物，你將牠取名為史普尼克（Sputnik），與1957年第一顆環繞地球的人造衛星同名。完成後，前往下一頁。

你在游泳池裡！
翻到下一頁。

你抓起一條毛巾，往門口走，但是莉內特攔住了你：「先幫我做個模擬測試，我想讓太空人在池中感受月球上的狀況。你能幫忙嗎？」

模擬測試讓太空人可以實地演練可能會在太空碰到的問題。

噢，你能嗎？

把正確的輔助空氣灌進太空裝，讓太空人感受月球的重力，就可以幫助他們預演月球漫步。

175

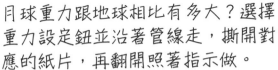

月球重力跟地球相比有多大？選擇重力設定鈕並沿著管線走，撕開對應的紙片，再翻開照著指示做。

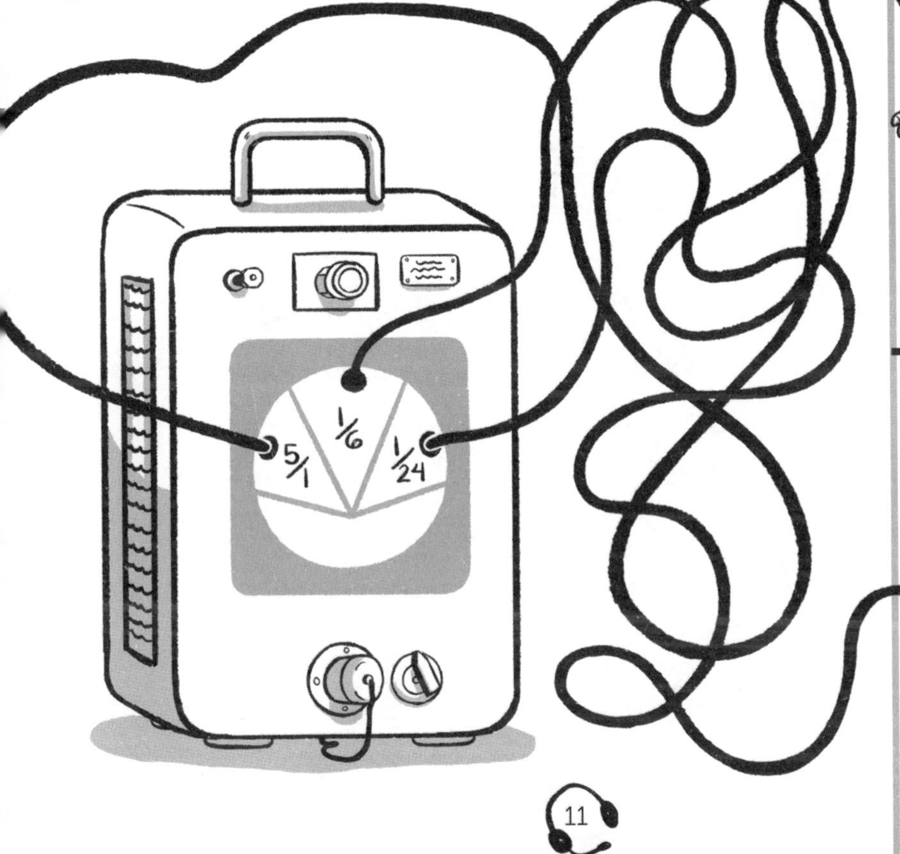
5/1
1/6
1/24

再試一次！

「成功了！」莉內特說。「現在你最好快去控制中心。畢竟，今天算是大日子。」算是？她真愛開玩笑。這是超級重大的發射日！再倒數半小時就要發射起飛了！

很好！翻到
第12頁。

「如果你需要我，我都會在。」莉內特輕拍你的背。「別再摔進水池，你就會好好的。」

她人真好，我喜歡她！
現在開始工作吧——快到第14頁去。

再試一次！

「讓我們來想想怎麼解決對接問題。」你問莉內特：「為什麼不派其中一個太空人到指揮服務艙外去修理？」

「這可行不通，」莉內特解釋：「太空裝在太空的真空狀態裡會變得太僵硬。太空人的心跳還會因為額外出力而快速飆高，而且要回太空艙會非常困難。」

哪個太空艙的方向才能抵達地球？把艙外符號寫進控制中心的空格3。

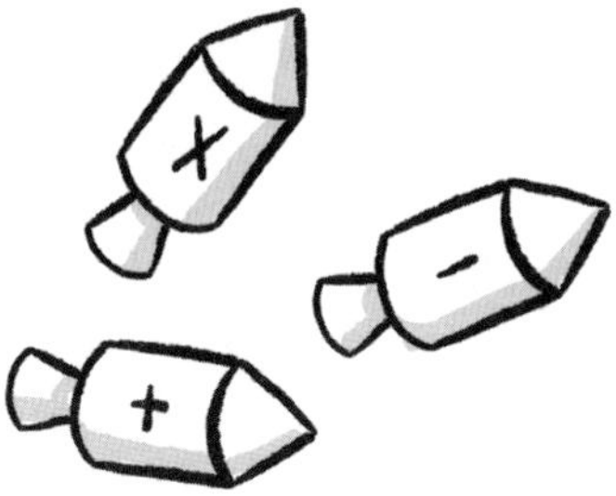
×
-
+

讓我說明給你看莉內特的意思。

1.在這裡用筆尖戳出一個洞。

2.把你的筆倒下來平放。

3.用平放的角度穿過那個洞。

檢查太空人臉上的突起，是月球型感染或只是痘痘？不管是哪種，把點照順序連成線。將出現的字寫進控制中心的空格1。

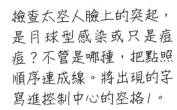

辦不到，對吧？那就是穿著僵硬裝備的太空人，試著回到艙內會有的感覺。

180

1
2
3
4
5
6
7
8

翻到第48頁。

歡迎來到任務控制中心！

火箭控制員

確保引擎持續正常運作，並且讓太空船朝正確的方向移動。

摺起這張紙片！

沿這裡撕開

航太醫官

負責追蹤太空人健康的醫師！

176

摺起紙片，
試試你的醫術。

這裡有一群飛航控制員正在工作。此外，在世界各地也有大約 40 萬名的工程師、技術人員、科學家等工作人員，隨時連線支援。你是飛行指揮官，是他們所有人的老大！

175

在發射以前，先嘗試這四種相關工作吧。沿虛線撕開並翻過這四張紙片，完成所有任務，你就能填滿下方空格，得到指示。

翻到第 ___ ___ ___ ___ 頁。

1 2 3 4

需要幫忙嗎？翻到第183頁。

太空艙通訊員

通常是受過訓練的太空人，懂得專業太空術語，可以將複雜的訊息清楚傳達給船內組員。

177

摺起紙片，
試試這份工作！

沿這裡撕開

系統檢查員

必須澈底瞭解這艘太空船所有的電子設備，從電腦到溫度控制都要非常熟悉才行。

摺起這張紙片！

把這張紙條翻譯出來，將第四個字寫進控制中心的空格2。

 - 螞 + 定 + 要

 ×2

小 + ♡

 + ↑ + 的

外 +  + 人

打開這兩種形狀的開關。

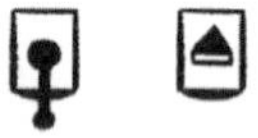

將指定開關都圈起來，把出現的字寫進控制中心的空格4。

嗯，你有沒有試過騎著翼龍到處飛，當個太空之王？讓我就個人的經驗告訴你，你的統治持續不了多久的。

故事完結

你應該跟我一樣，
很想試試別種結局。
回到第24頁 。

啊！你害三個太空人摔成一團。尼爾·阿姆斯壯扭傷了腳踝！

這麼一來，他很難在月球上漫步。任務只好喊停了！

故事完結

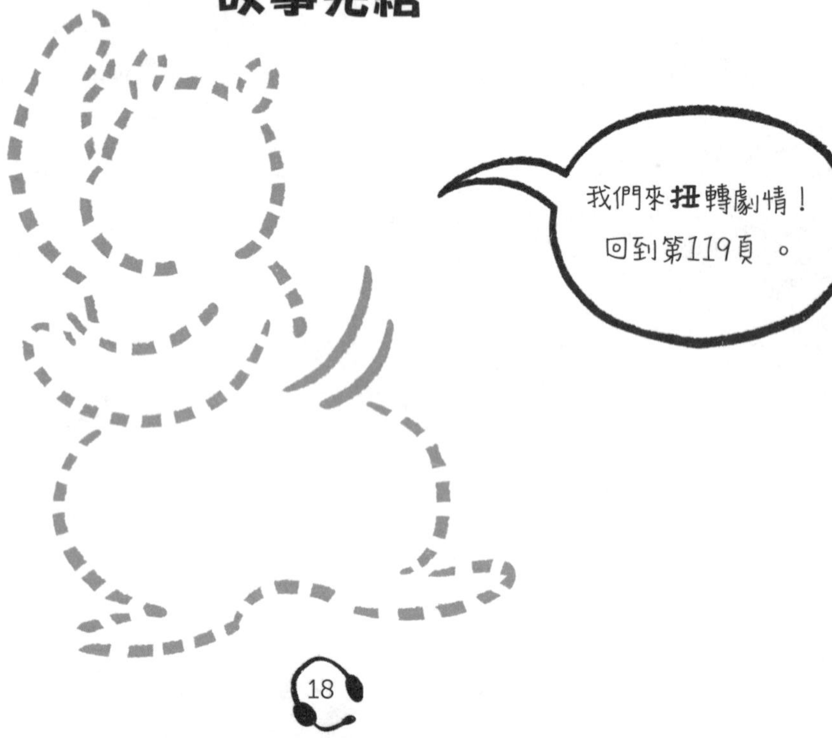
我們來**扭**轉劇情！
回到第119頁。

「我們起飛了！」恰克歡呼，人人高聲喝采。

勉強成功，你在大螢幕上看著火箭時心想。

即使下方驅動力可達 340 萬公斤，但 300 萬公斤的火箭，並未直接衝入天空。笨重的火箭一開始看起來幾乎動也不動。事實上，火箭花了整整 15 秒鐘才離開發射塔。

179

為了體會300萬公斤有多重，
畫一頭非洲象寶寶從這個平臺噴射出去。

你得畫幾頭非洲象寶寶，才等於一座農神5號火箭的重量？

至少要2萬6千頭？翻到第29頁。
少於150頭？前往第23頁。

太好了！那就是巴茲．艾德林在阿波羅 11 號任務上所做的事！他用一枝筆解決了開關問題。

「真是無與倫『筆』！」艾倫說笑。

你面帶笑容，用筆做成的開關來啟動引擎。火箭點燃，登月艙上下兩段分開來，輔助降落用的下半部設備會留在月球表面，你和艾倫再次擠在小小的上半部升空。下方月球車的攝影機看著登月艙起飛，前往月球軌道，準備跟指揮服務艙會合——然後返回地球。

翻到第172頁。

你並未驚慌失措，你知道幾乎每項太空任務都會有突發狀況。警示燈繼續在你的四周閃動，你平靜的問：「系統端，能不能給我最新消息？」

飛航控制員立刻回覆：「太空船指引系統失去了態度參考（attitude reference）。」

啊？意思是火箭態度很差、沒禮貌？
也許你還是應該覺得驚慌。
在這裡畫出一座悶悶不樂的生氣火箭。
完成以後，翻到第25頁。

火箭引擎太過強大，不適合這麼輕的運載物！這就像是為了運送一隻跳蚤而打造一艘鐵達尼號。你發射得太快，一下子就超越了月球。你就要到海王星嘍！

故事完結

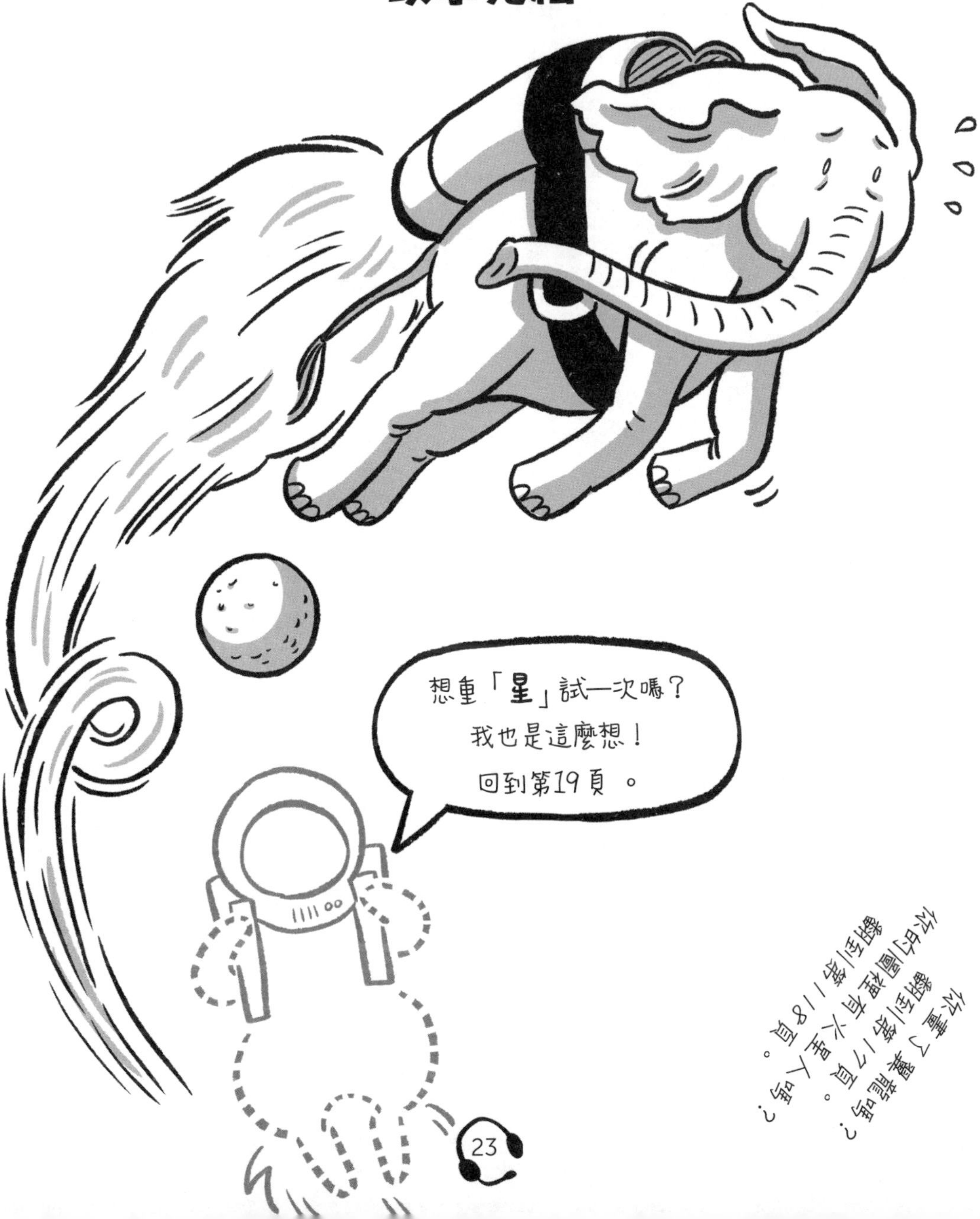
想重「星」試一次嗎？
我也是這麼想！
回到第19頁。
你畫了翼龍嗎？
翻到第17頁。
你的圖裡有火星人嗎？
翻到第118頁。

你果然很瞭解每個工作環節，不愧是這間房間的老大。你覺得自己有點像是太空之王，沒錯吧？

把自己畫成國王！給你自己一頂太空王冠和一把星辰權杖。一定要在旁邊加個火星王室或一隻翼龍。（每位太空國王都應該有一隻！）

飛行指揮官

完成後，
摺起角落的紙片。

噢，我現在懂了！真抱歉。飛航控制員說的是**高度**（*altitude*），
不是**態度**（*attitude*）。

指引系統無法判定火箭有多高，同時它還在爬升，加速前往太空。你一定要拿回控制權，但是時間快不夠了。你想起阿波羅12號的飛行指揮官做的事。你弟弟現在需要重新啟動火箭的電腦，而且動作要快！

選擇正確的字眼，傳達正確訊息給你弟弟。
連浪費一個字的的時間都沒有！

找到正確的路線，從起點走到終點，沿路會碰到什麼字？

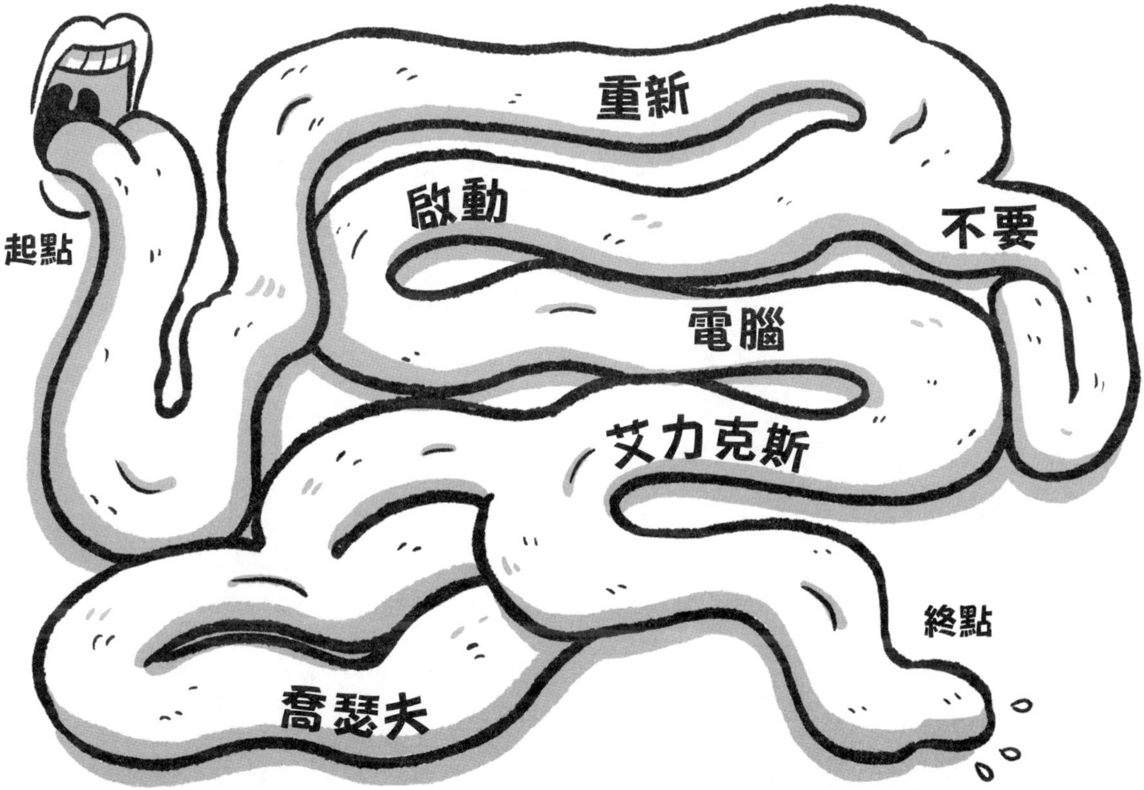

起點
重新
啟動
不要
電腦
艾力克斯
喬瑟夫
終點

你提到了喬瑟夫嗎？
翻到第28頁。

還是艾力克斯？
前往第154頁。

「謝謝，沙丁魚的想法逗我笑了！」你弟弟透過無線電說：「現在，該前往月球了！」

「距離起飛還有12秒。」恰克宣布。

「啟動點火程序！」你下令。

飛航控制員按下按鈕，倒數計時8.9秒——1500公里外的火箭引擎點燃了！火焰從史上最強大的火箭噴射出來。

火箭掙扎著要離開地面，但在它逐漸累積力量時，強大的鉗具暫時將它固定在位子上。什麼時間點適合釋放火箭，就由你作主。

恰克繼續替起飛倒數，你趁這個時候打造自己的發射平臺。

「5……」把右頁的火箭畫完。

「4……」沿著A虛線撕開。

「3……」沿著B虛線撕開。

「2……」沿著C線摺起兩張紙片，立在頁面上。

「1……」轟轟！畫上從火箭底部不斷噴出的熊熊火焰。

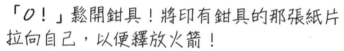

「0！」鬆開鉗具！將印有鉗具的那張紙片拉向自己，以便釋放火箭！

看看那張紙片的背面。
照著你找到的指示做！

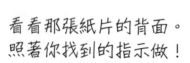

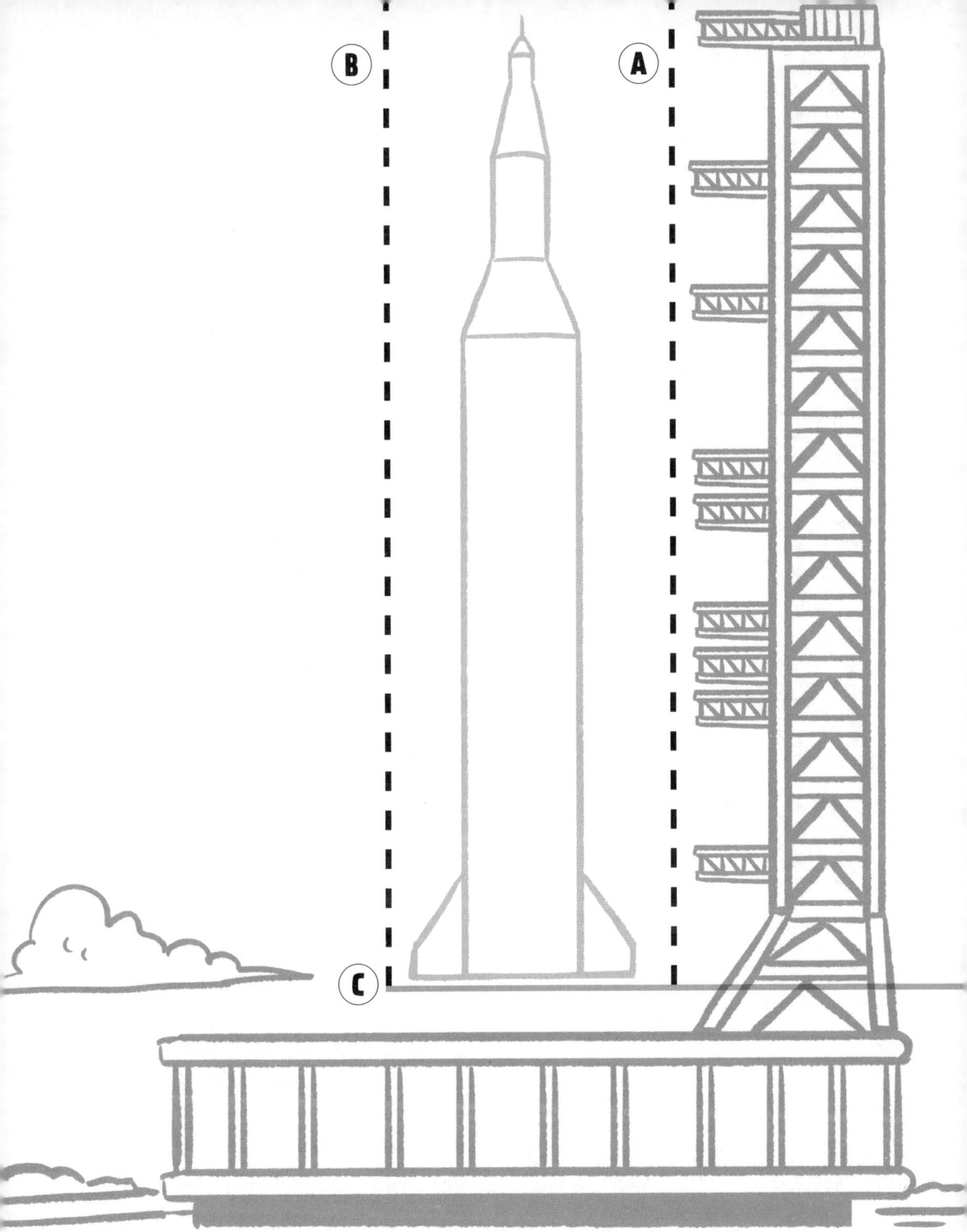
B
A
C

300 公里外，一位動物園管理員將你的訊息遞給犰狳喬瑟夫。喬瑟夫看了一眼訊息，然後……張口吃掉。嗯，我就用這個方式告訴你，這項任務裡沒有任何人叫喬瑟夫。

故事完結

噢，好糗！
我們再試一次！
回到第25頁。

發射起飛！

翻到第19頁。

很好！火箭載著你的弟弟、巴茲以及尼爾，升入了天空。飛行36秒之後，你正準備鬆一口氣，這時——劈啪！一道閃光填滿房間前方的大螢幕。你看到它劈中了火箭。「剛剛那是什麼？」你問恰克：「是閃電嗎？」

179

劈啪！又一道閃電擊中火箭。在你隔壁的恰克一臉蒼白又擔心。「閃電影響了火箭的電腦，」他解釋：「我們再也沒辦法判斷火箭的高度了！」

噢，聽起來真不妙。你要怎麼辦？

如果你決定取消這項任務，翻到第31頁。
想繼續下去嗎？到第22頁。

你弟弟驅動指揮服務艙的推進器，離開登月艙並將指揮服務艙旋轉 180 度，準備跟登月艙對接。他要讓指揮艙頂端的對接裝置，嵌入登月艙頂端的錐形筒裡。

意思就是：你要幫忙艾力克斯進入對接位置！

1. 從左下角的指揮服務艙開始。
2. 往右移兩格。
3. 往上移三格。
4. 往左移一格。
5. 往下移一格。
6. 將最後抵達的數字寫進最下方的空格。

36	38	36	38	36
38	36	38	36	38
36	38	36	38	36
38	36	38	36	38
	38	36	38	36

翻到第＿＿＿＿頁。

任務控制中心裡只有兩個中止鍵。其中一個在你的儀表板上，就在小小玻璃罩下面。你希望永遠不必去碰那個按鈕——因為如果你碰了，那就表示發生了糟糕的事，必須結束這項任務。

你想要怎麼做？

你會打開玻璃罩，
好按下按鈕嗎？
摺起這張紙片。

還是你已改變主意？
回到第29頁。

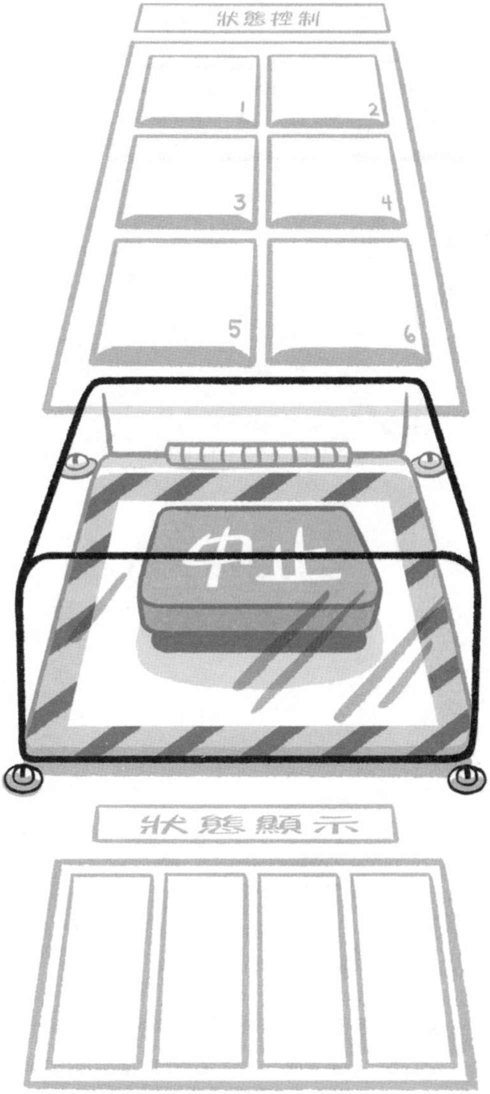
狀態控制
1
2
3
4
5
6
中止
狀態顯示

中止

如果你按下這個按鈕，太空船裡的**中止指令燈**就會閃動，你弟弟必須立刻拉動中止把手。他會相信你做了正確的決定。

你真的、真的確定你想按下那個按鈕？

是？翻到下一頁。
不是？前往第22頁。

咔——砰！跟太空艙頂端相連的小火箭「發射逃生系統」點燃了。指揮艙被爆發力震離火箭頂端，將安全降落在水中。但是你的任務結束了！

故事完結

我確定太空人都沒事，
不過還是試試別的方法吧！
回到第29頁。

好不容易到了服務艙外，你檢查爆炸狀況，發現自己無能為力，因為沒有適當的工具可以修理。你回到太空船裡——或者說你試過了，但回不去。說來遺憾，你那身 1960 年代的裝備對太空的反應不良。缺乏空氣讓太空裝變得僵硬又龐大，導致你過不了艙門。唔，至少你可以看看外面景色！

180

故事完結

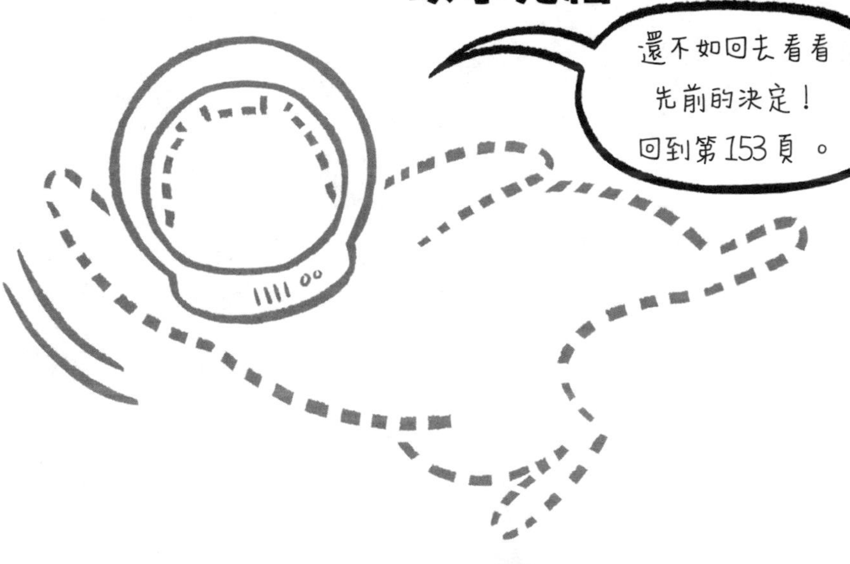
還不如回去看看
先前的決定！
回到第153頁。

阿波羅任務：如拼圖般難解的月球之旅

1
很快再見，地球！
火箭農神5號燃燒約12分鐘後，將太空船送進地球軌道，再將它推往月球。
2
起點
地球
8
終點

二

熱情回歸！

指揮艙再次進入地球大氣層時，因摩擦變成火熱的流星。接著指揮艙打開三頂降落傘，落入大海。

五

我們到了嗎？

阿波羅號大約在三天內抵達月球軌道。

十

再見，服務艙！

服務艙被捨棄了。現在只剩下指揮艙，它轉動方向，好讓隔熱遮罩面對地球。

從階段1開始，利用底部拼圖完成這趟旅行。
拼好以後，將每塊拼圖頂端的字，
按照順序寫進下方空格。

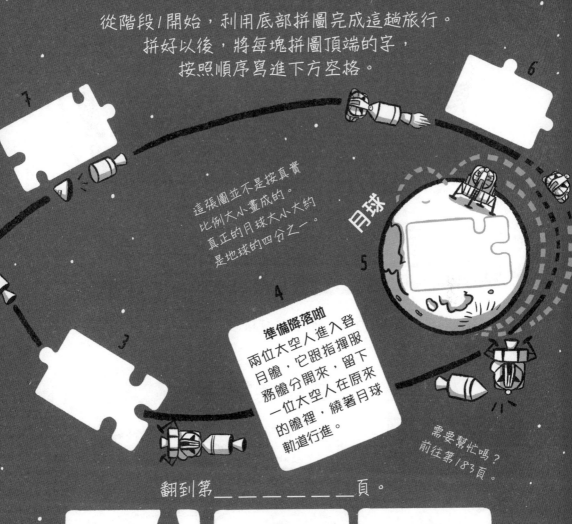

7
6
這張圖並不是按真實
比例大小畫成的。
真正的月球大小大約
是地球的四分之一。
月球
5
4
準備降落啦
兩位太空人進入登
月艙，它跟指揮服
務艙分開來，留下
一位太空人在原來
的艙裡，繞著月球
軌道行進。
3
需要幫忙嗎？
前往第183頁。

翻到第＿＿＿＿＿＿＿＿頁。

十

全員到齊。

指揮艙和服務艙從火箭脫離開來。指揮服務艙跟登月艙對接之後，阿波羅太空船組裝完成。

加

散個步吧！

登月艙降落月球。太空人在月球表面上探索大約兩天。

二

謝謝你，登月艙。

登月艙的上半部回到軌道。等組員再次登上指揮服務艙，就拋開登月艙，讓它留在太空裡。

恭喜你幫艾力克斯成功和太空船對接！ 糟糕，接錯太空船了！

故事完結

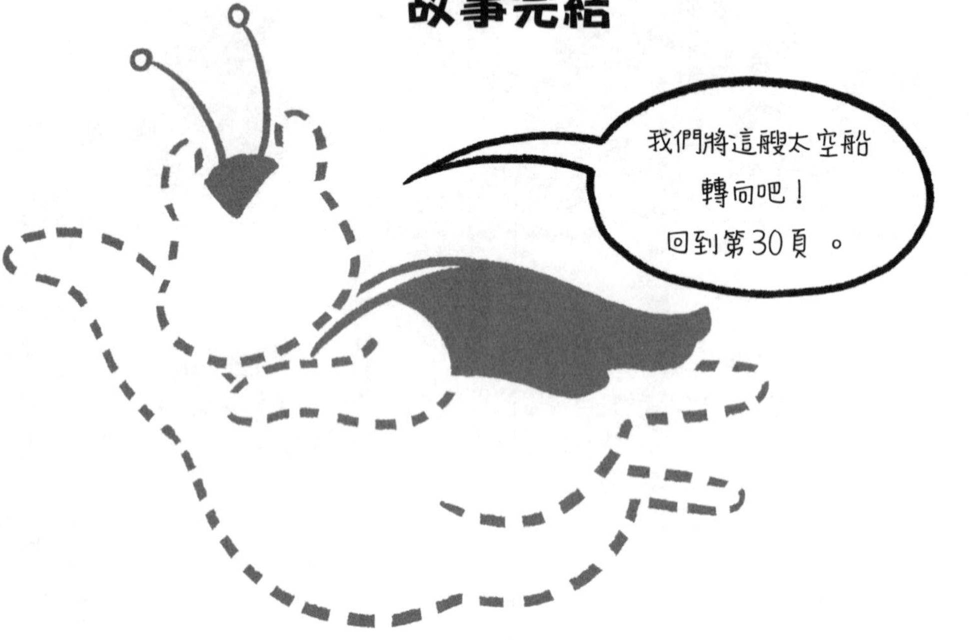
我們將這艘太空船
轉向吧！
回到第30頁。

「老大！」恰克的喊叫讓你從思考回神：「我們準備要讓指揮服務艙分開，然後捕捉登月艙。」

呃，什麼意思？噢對了，那是你剛剛在拼湊的，
這趟旅程的第二步。複習一下：

目前登月艙和指揮服務艙雖然疊在一起，但這不是準備登月的配置。你必須重整它們堆疊的方式。「按下分離鈕，艾力克斯。」你跟弟弟說。

「我們會先引爆。」艾力克斯在片刻後回應。小小爆炸之後，指揮服務艙從剩餘的農神火箭抽離，火箭末端的四個面板打開。現在登月艙露了出來。

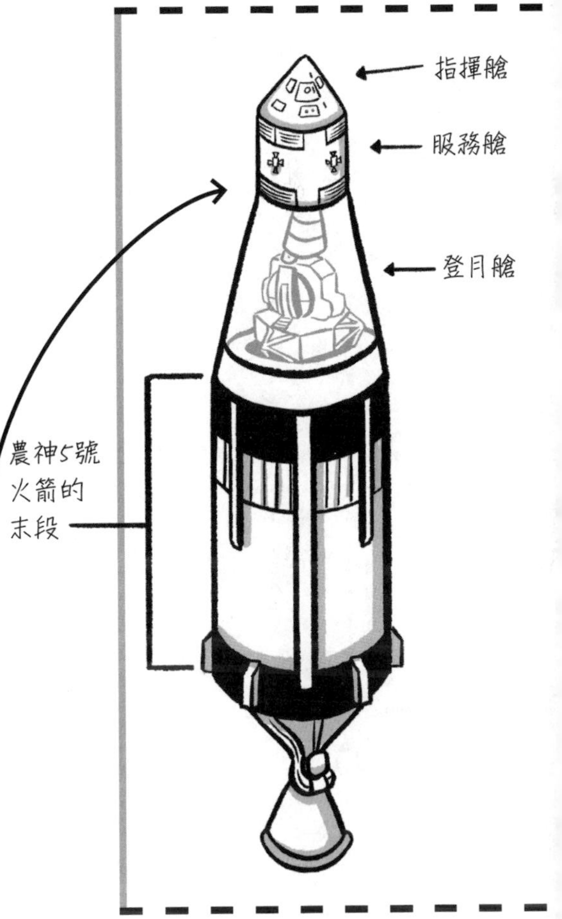
指揮艙
服務艙
登月艙
農神5號
火箭的
末段

將引爆的火焰畫在這裡。
完成以後，
沿著虛線撕開，
摺起紙片。

你弟弟在地球的模擬器裡受過 100 次的對接訓練，這應該跟呼吸一樣容易。可是出了狀況。乓！艾力克斯試圖對接時，指揮服務艙從登月艙彈開來。他再試一次、又一次，每次都一樣。「這次加點速度。」你說。

177

艾力克斯將指揮服務艙退開，然後以快多了的速度衝往登月艙。「我好像會撞上它！」他警告。

確實如此。幸運的是，指揮服務艙再次彈開時，並沒有造成任何損壞。但指揮艙頂端就是不肯停留在登月艙的錐形筒裡。

翻到第30頁。

這個讓我想起我穿戴渦輪翅膀，
結果撞進當地電影院窗戶的那次。
為了讓你體會我的意思，
畫你自己撞貼在這片玻璃牆上。
然後翻到第40頁。

你一到外面就仰望天空，等著史普尼克飛過。

在那邊！遺憾的是，整整 20 分鐘，控制中心裡沒人知道你在哪裡，恰克最後決定取消這項任務！所以……哈囉，史普尼克！再見，登月任務！

故事完結

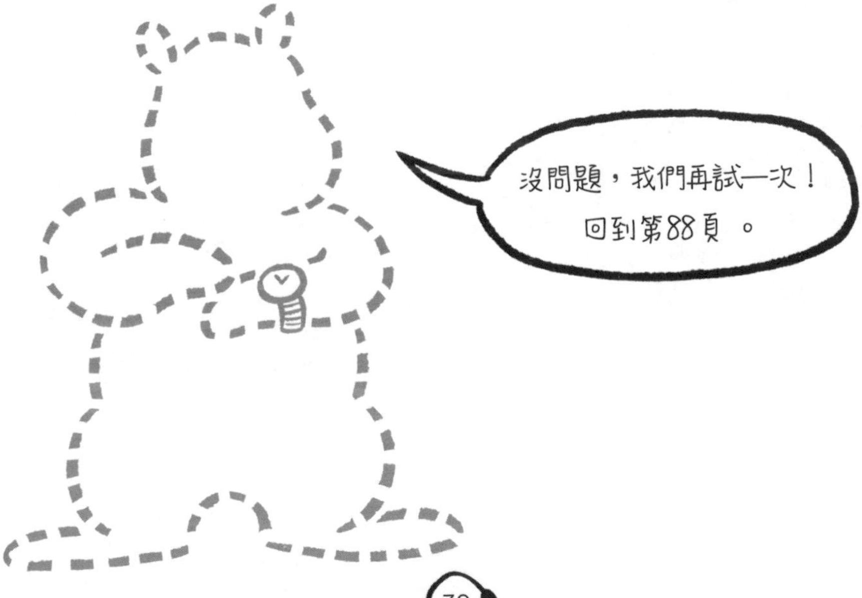

沒問題，我們再試一次！
回到第88頁。

如果你弟弟依然沒辦法跟登月艙對接，登月行動就必須取消。艾力克斯說：「我不……知道……該怎麼——」突然間他開始失控的咳了幾秒。最後他停下來劈頭就說：「剛剛很抱歉！」接著你聽到尼爾和巴茲也咳了起來。上頭發生什麼事了？

你滿腦子只想到麻疹——在地球上流行好一陣子的病。艾力克斯和其他人是不是在出發以前就染上了？他們會在太空裡病得很重嗎？

你應該先處理哪個問題？
太空人以3萬8千公里的時速穿越太空，
就靠你維護他們的安全。這是個重大的決定！

處理咳嗽？
前往第42頁。

處理對接的問題？
前往第13頁的模擬區，
請莉內特幫忙。

所以你認為害他們咳嗽的是手套？哎呀，等他們把手套丟出太空船外，你就可以跟這項任務道別了！

故事完結

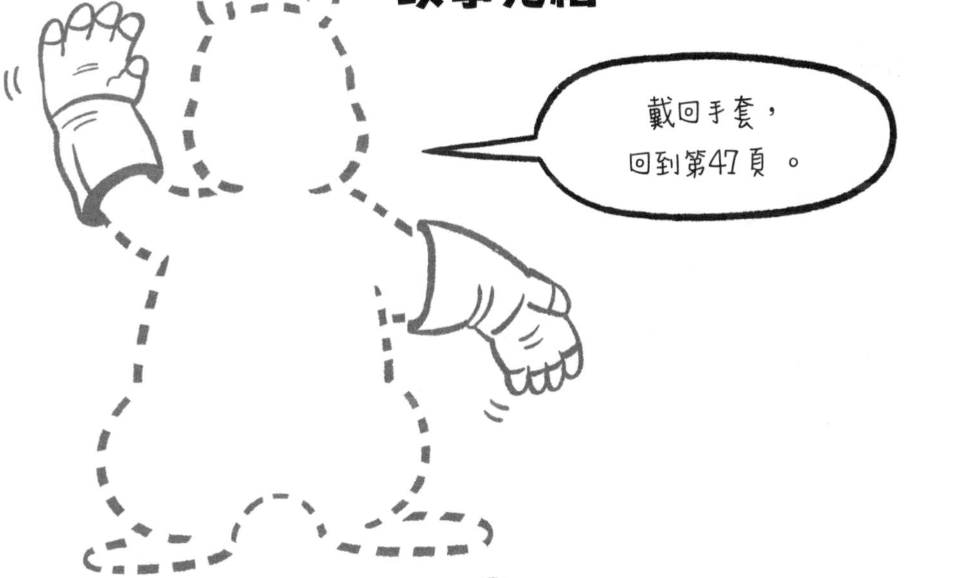
戴回手套，
回到第47頁。

「醫師，艾力克斯的生命徵象如何？」」你問。

「他沒有任何麻疹或流感的症狀，」航空醫官回應你說：「巴茲和尼爾也沒有。」

「會不會只是暈船？」艾力克斯在咳嗽空檔喘著氣說。航空醫官搖搖頭：「因為沒有地心引力把你們體內的液體拉向雙腿，導致有近 2 公升的液體會移往腦袋。」他說：「這樣會讓你們覺得不舒服，但這也無法解釋咳嗽。」

嗯，我很難想像腦袋怎麼裝得下將近2公升的水！
把那麼多的液體灌進底下這個氣球腦袋，
畫出它會變成什麼樣子。
完成以後，翻到第88頁。

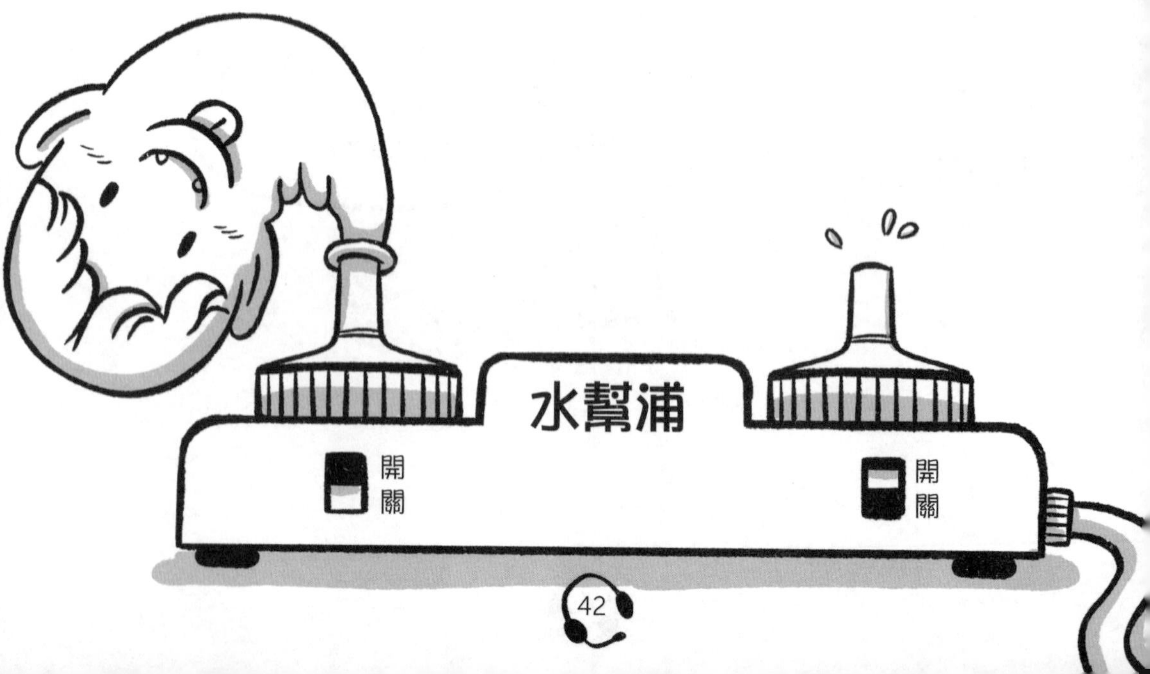
水幫浦
開關
開關

「快看看那枯萎的盆栽！」你透過耳機聯絡莉內特：「讓太空人咳嗽的，一定是內衣褲的材質！」莉內特點頭：「請太空人把他們的內衣褲收進塑膠袋裡封起來，這樣就不會有事了。」

你指示恰克，請他要求組員將個人的內衣褲收進袋子裡。

你可以想像艾力克斯以後會拿這件事大開玩笑！

你解決了咳嗽的問題！

還沒解決對接的問題嗎？
前往第13頁。

問題已經解決了嗎？
前往第54頁。

「我會隨時讓你知道燃料使用狀況，可是最好換你來駕駛。」艾倫說：「我不太舒服。」

從他漸漸發青的臉就看得出來。你接手控制。你必須讓燃料撐到降落為止。撐越久……越好。

想想你上次吃披薩，
起司從手上拉向嘴巴的樣子。
把那個景象畫在這裡！

完成以後，
翻到第90頁。

所以你覺得是食物的問題？ 也許是火雞大餐的復仇？

嗯， 這樣肯定是不對的。

故事完結

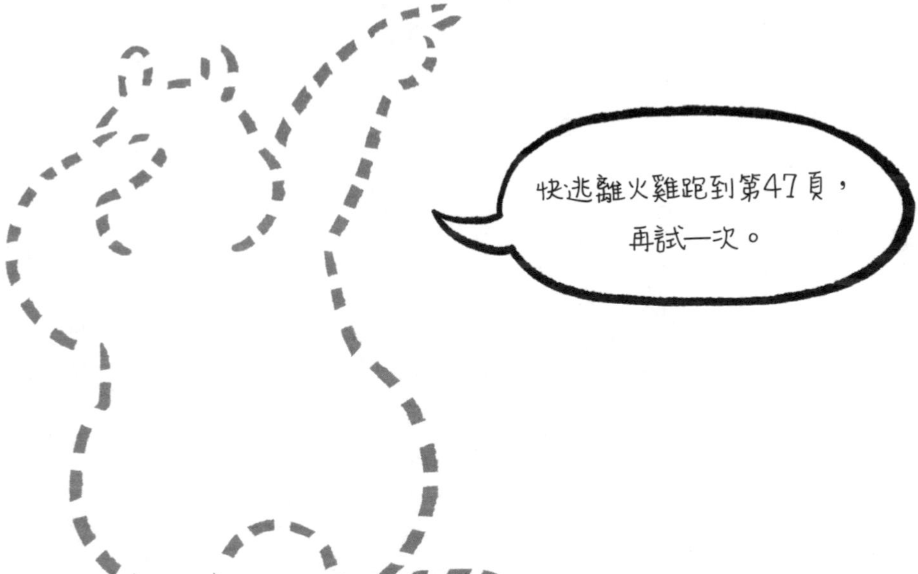
快逃離火雞跑到第47頁，
再試一次。

莉內特在一棟跟飛機棚差不多大的建築工作。中央有個巨大的模擬室，裡面的空氣被抽光，接近太空的真空狀態。透過厚厚的玻璃窗，你看見莉內特在模擬室內。她穿著太空裝，面前的桌上有三株植物。

「莉內特！」你敲敲窗戶，然後揮揮手：「我需要你的幫忙！」她當然聽不到你的聲音，但她一定看到了你在揮手臂。

前往下一頁。

莉內特打開無線對講機。「別打開那扇門！」她喊道：「我正在調查艾力克斯他們為什麼會咳嗽。我認為起因是太空船上的某樣東西。」

你最好幫幫你姊姊！

179

在下方的框框裡畫出指定的物品。
完成後，沿著虛線撕開，將紙片往上摺。

太空裝的一只手套	內衣褲	火雞太空餐

對接問題難倒你了，是吧？你決定繞著模擬器走，彷彿這樣能找到你需要的答案。猜猜怎樣？你確實找到了答案。

一位戴眼鏡的女人伏在桌子上，細看對接機制的照片。那是凱薩琳．強森！她是 NASA 雇來的「人類電腦」之一，這些人透過不可思議的運算，協助這項任務。

181

凱薩琳揮手要你過去：「我看了所有的數字和計算，艾力克斯做的都很正確。」

「所以他為什麼沒辦法對接？」你問。「對接裝置的門扣一定出了問題，」凱薩琳回答：「也許是有塵土堵住門扣，所以無法卡緊。組員可能得手動切換門扣開關幾次，希望這樣可以抖掉塵土。」

前往下一頁。

你覺得哪個是讓太空人咳嗽的起因，就翻到那個頁數去。

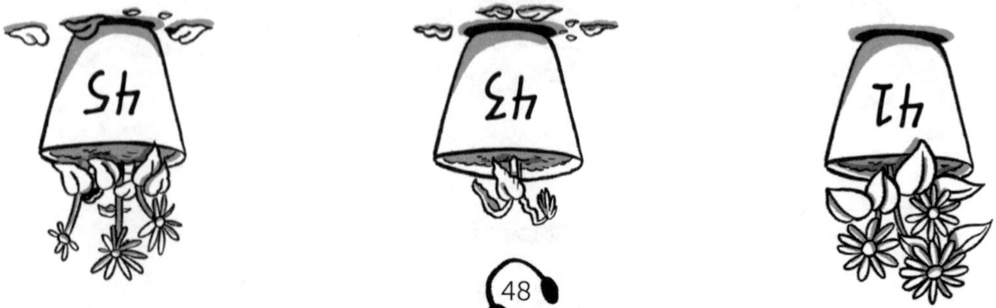
41
43
45

你衝回控制室去，請組員試試凱薩琳的想法。

尼爾和巴茲反覆鎖上、打開門扣，希望能把塵土微粒甩開。接著艾力克斯將指揮服務艙轉向，再次試著跟登月艙對接。

要看這個辦法是否成功，就摺起這頁的角落，
將對接裝置和錐形筒連接起來。記得不要撕開這一頁！
你連上哪個錐形筒？

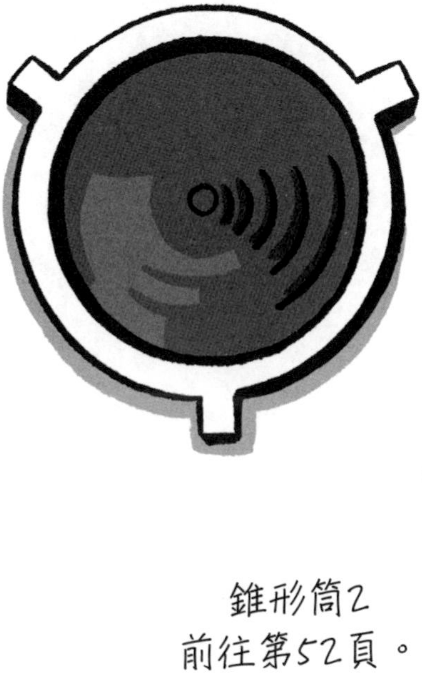

錐形筒1
翻到下一頁。

錐形筒2
前往第52頁。

我確定聽到了聲音，聽起來像這樣：**啪嚓**！

下一次你在太空跟艙體對接時，這裡提供你一個建議：不要弄錯前進的角度，不然會把指揮艙的對接裝置弄壞。任務控制中心要中止這項任務！

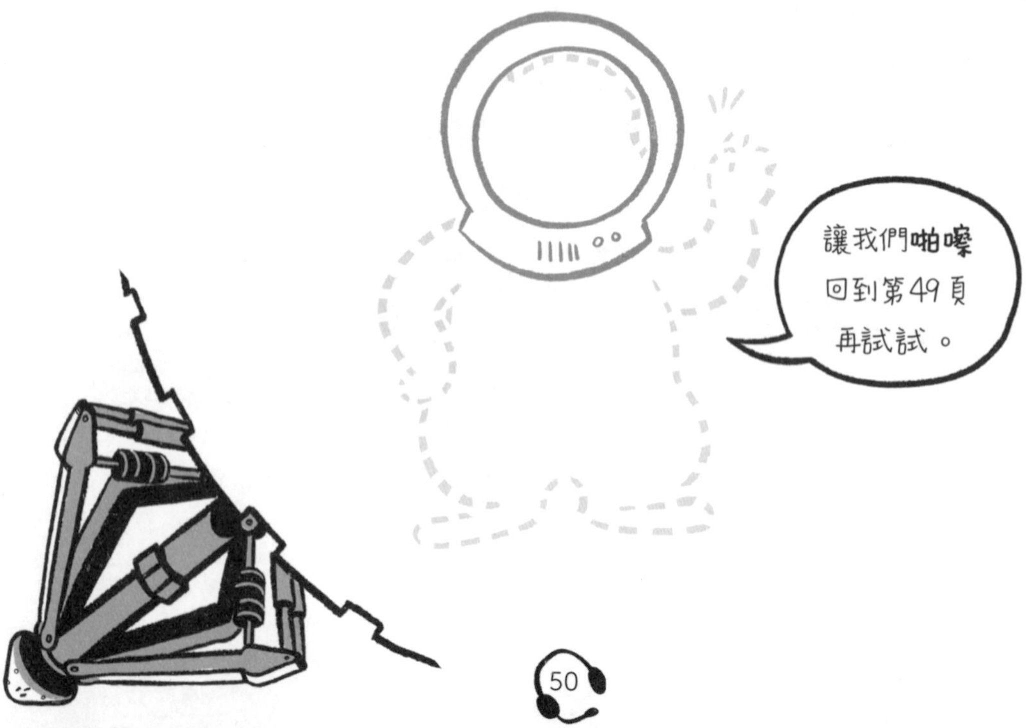

讓我們**啪嚓**
回到第49頁
再試試。

177

「OK，休士頓，我們有麻煩了」你透過無線電說。

呃，聽起來
非常熟悉。

任務控制中心立刻回覆：「你們三個還好嗎？」

「還好。」你回答，但其實你並不確定。

說到底，太空船有個部分剛剛飛走了！而你距離地球數十萬公里，途中又沒有休息站或加油站可以停靠求助。

不過，要是有呢？
在這裡畫出設有維修服務處的飄浮「加油」站。

燃料

完成後，
前往第153頁。

成功！指揮服務艙和登月艙順利由艙口相連，對接上了。

「謝謝你！」艾力克斯告訴你，「請替我們謝謝凱薩琳。沒想到她既是數學家，又懂機械。」

你在思考送什麼謝禮給凱薩琳才適合。
把禮物畫在這裡。

如果你還是想解決咳嗽問題，前往第42頁。
如果不，前往第54頁。

謝謝你!

選對了！你把幻燈片放回氣送管，送到房間對面的系統控制員那裡，他們會放上大螢幕，讓你看得更清楚。

現在，一看就知道，這張地圖有多不完整！你漸漸心生懷疑。如果你犯任何一點錯，你弟弟和他的組員可能會回不了指揮艙。

艾力克斯跟你形容他在月球表面上看到的大石和坑洞時，你感覺有隻手搭上你的肩。是莉內特，她對你微笑：「你辦得到的。」

我希望她說的沒錯。前往第56頁查個清楚。

接下來幾個鐘頭的訊號很模糊，太空人正準備進入這項任務的下個階段——降落月球！

你弟弟和尼爾．阿姆斯壯爬進登月艙，跟指揮艙分開來。登月艙朝月球表面急速下降時，警報聲大響，有個數字開始在控制中心的大螢幕上閃動。

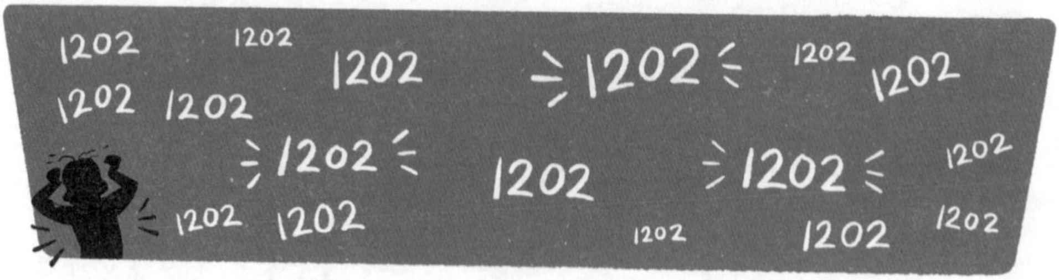
1202
1202
1202
1202
1202
1202
1202
1202
1202
1202
1202
1202
1202
1202
1202
1202
1202
1202
1202

「恰克，那個數字代表什麼意思？」你問。恰克搖搖頭。「我不知道那個代號是什麼。而且，引導登月艙的電腦失靈了。」

你環顧室內。有一面牆上展示著代號和它們代表的意義。你可以找到你要的那一個嗎？時間快不夠用了！

前往下一頁。

A→ ←A

我可以幫你聚焦鎖定需要的訊息。
把這頁沿線摺起來，
讓頂端的A和A，
底部的B和B彼此碰觸。

從你發現的資訊推測，
你接下來會說什麼？

「我們繼續前進！」翻到第58頁。
「中止這項任務！」翻到第147頁。

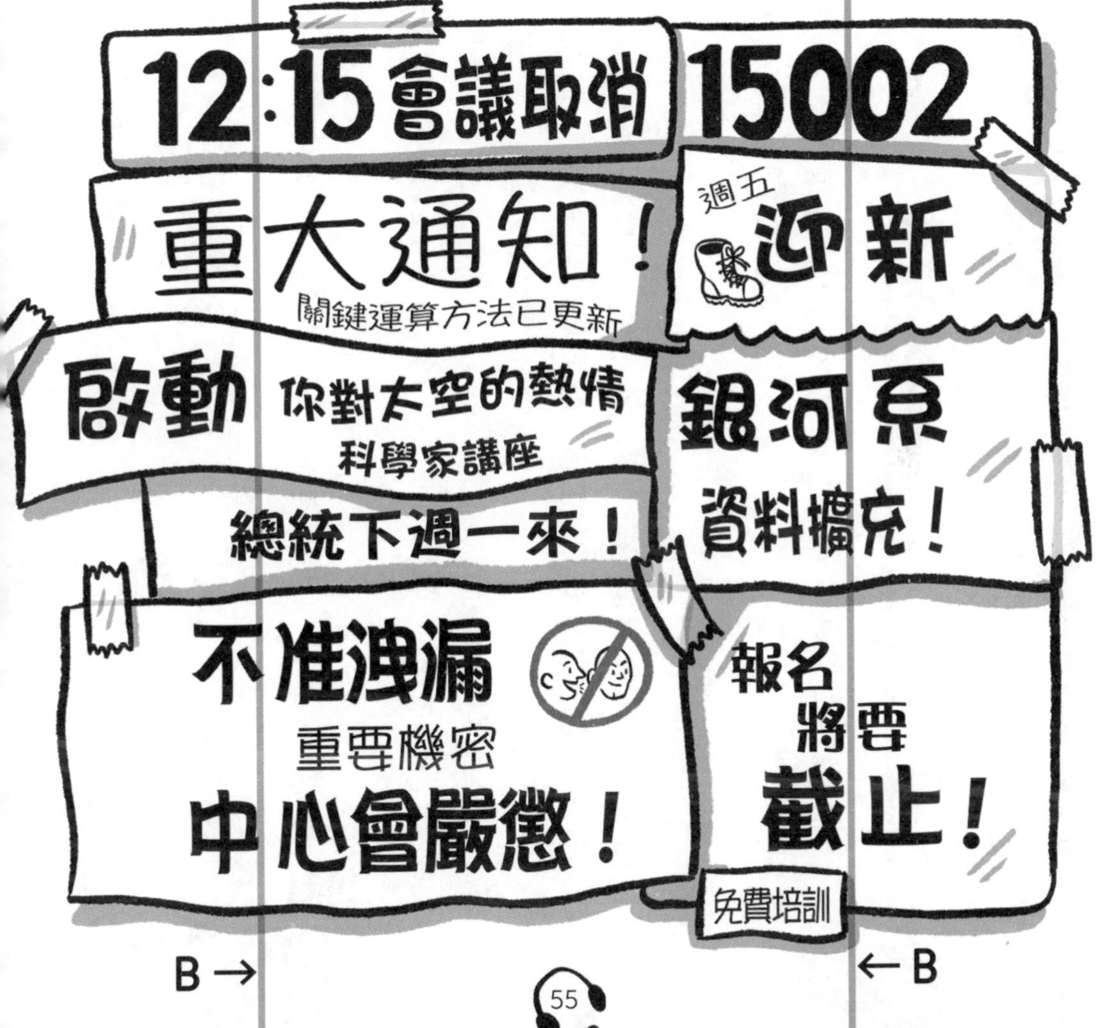
12:15會議取消
15002
重大通知！
關鍵運算方法已更新
週五
迎新
啟動
你對太空的熱情
科學家講座
銀河系
總統下週一來！
資料擴充！
不准洩漏
重要機密
中心會嚴懲！
報名
將要
截止！
免費培訓

B→ ←B

你能幫艾力克斯將登月艙安全降落到表面嗎？
跟著你的直覺前進吧！

第一步：沿虛線補畫你在幻燈片看到的兩塊大石，完成大螢幕上的地圖。

第二步：將第 57 頁上的螢幕掀起來一點，好讓自己寫字的那隻手可以縮在後面，準備在第 59 頁上畫畫。不能偷看喔！

第三步：看著螢幕上的主地圖，憑感覺從起點畫出艾力克斯需要走的路線，幫助登月艙安全降落，不要碰到任何障礙物。我相信你不會偷看！

第四步：一旦你認為自己已經到了安全降落區，就畫個 X，然後翻到第 59 頁檢查。

第五步：如果你飛越經過或降落在很深的坑洞裡、斜坡上或大岩石上等，都算失敗。再試一次，直到你把登月艙平安的帶進安全降落區。完成後翻到第 67 頁。

從這裡開始
安全
降落區

你跟恰克說明你的發現。他稍微平靜下來。

「現在我想起來了！」他喊道。「1202 這個代號的意思是同時有太多數據進來。登月艙的電腦沒辦法應付那麼多訊息。唯一的修理辦法就是重新開機。」

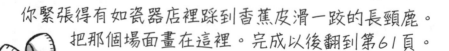

182

但是，沒有時間重啟電腦。登月艙落下得太快！

你緊張得有如瓷器店裡踩到香蕉皮滑一跤的長頸鹿。
把那個場面畫在這裡。完成以後翻到第61頁。

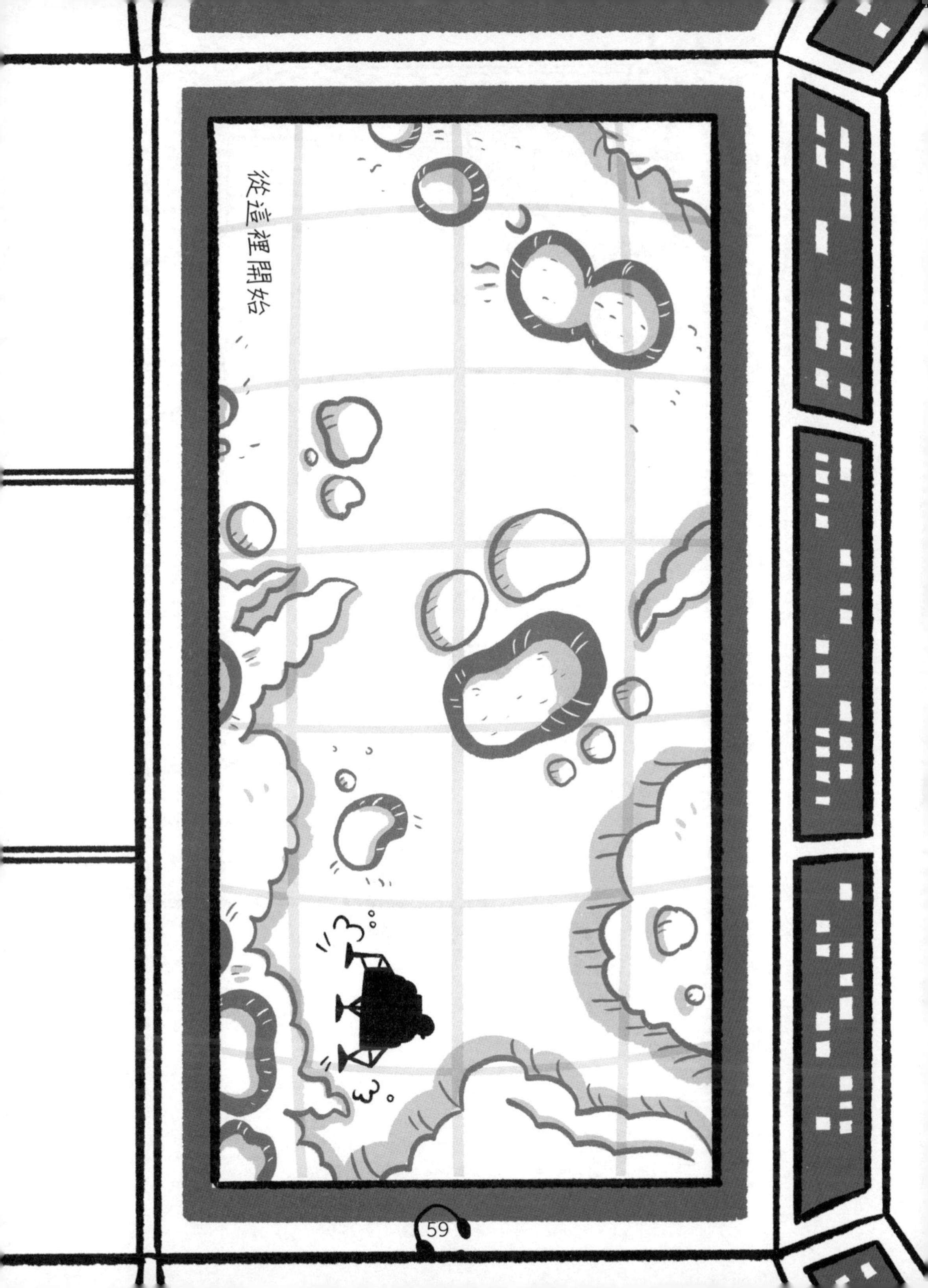
從這裡開始

你用你挑的照片替艾力克斯指點方向。他一步步跟著指示，平順的降落在——我舅媽艾德娜的屋前草坪上。

嗯哼，你選錯了幻燈片。

故事完結

這次挑個完美選項吧！
回到第64頁。

「我們在模擬訓練中，一旦沒有電腦輔助，就無法成功讓登月艙降落。登月艙的推進器太難控制了！」艾力克斯急著說。「鎮定，艾力克斯。」你跟你弟弟說，雖然你的心也怦怦亂跳。「我會指引你方向，照著我說的做就沒問題！」

為了讓登月艙安全降落，你需要正確的月球地圖。你知道有一組地圖照片就保存在後援室，但那在走廊的另一頭，而且位於不同樓層。你無法親自去後援室向技術人員說明你要什麼，可是你也沒時間打電話好好解釋。

176

電子郵件或簡訊這類的通訊方式，在當時還不存在。可是有個氣送管（簡稱 p-tube）系統！將紙張訊息裝在約 30 公分長、7.5 公分寬的鋁罐，並放入管中，加壓空氣就會通過密封的管子，將鋁罐從前一個氣送管站傳到下一站。這樣一來，只需要數十秒，就能在建築物裡四處傳送資訊了。

翻到第63頁去使用氣送管！

你仔細看這張照片，立刻知道你挑錯了。這其實是我上一次生日派對的特寫照。你可能看不太出來，那時候阿米卡斯烤了我最愛的蛋糕——奢華版柿子蛋糕。

故事完結

我來幫你烤出更好的結局。
回到第64頁。

你必須用畫的，讓後援人員看看你想要的照片。你只有幾秒鐘時間！

你記得那張照片長這樣：中央有一個巨大的坑洞，一側有兩塊大石，另外一側有三塊岩石。

把我剛剛形容的畫在這裡！

沿著這裡往後摺

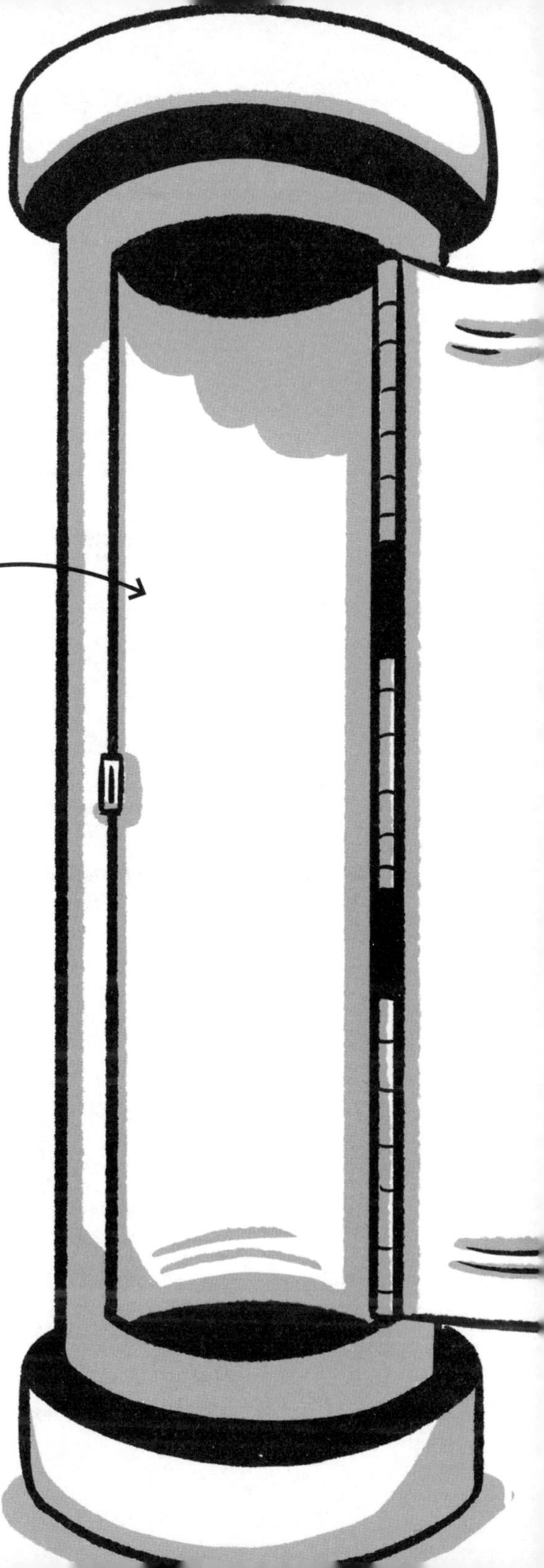

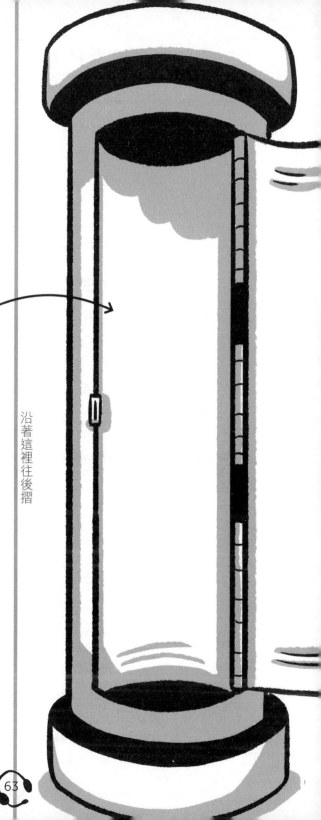

完成以後，將紙片往跟你相反的方向摺，摺到後面去。然後翻到第65頁。

親愛的飛行指揮官：

這三張月球地圖的幻燈片跟你畫的最接近。你想要的是哪一張呢？

——後援室載具系統人員

哪張幻燈片最像你畫的圖？
快！選一張。

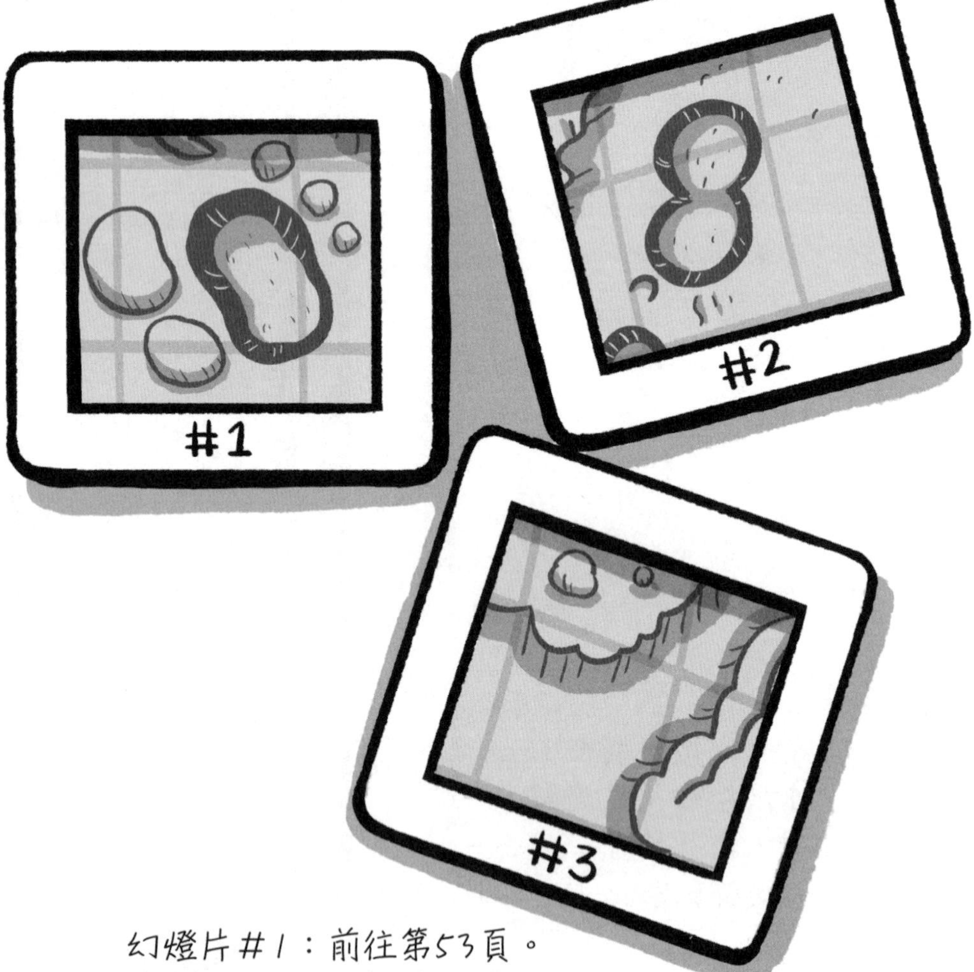
#1
#2
#3

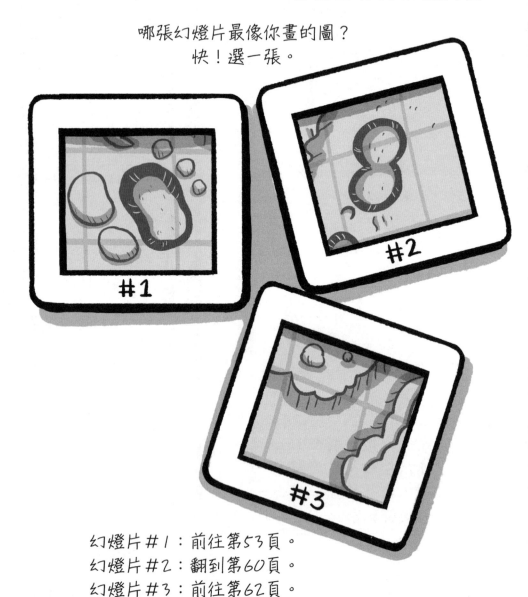

幻燈片#1：前往第53頁。
幻燈片#2：翻到第60頁。
幻燈片#3：前往第62頁。

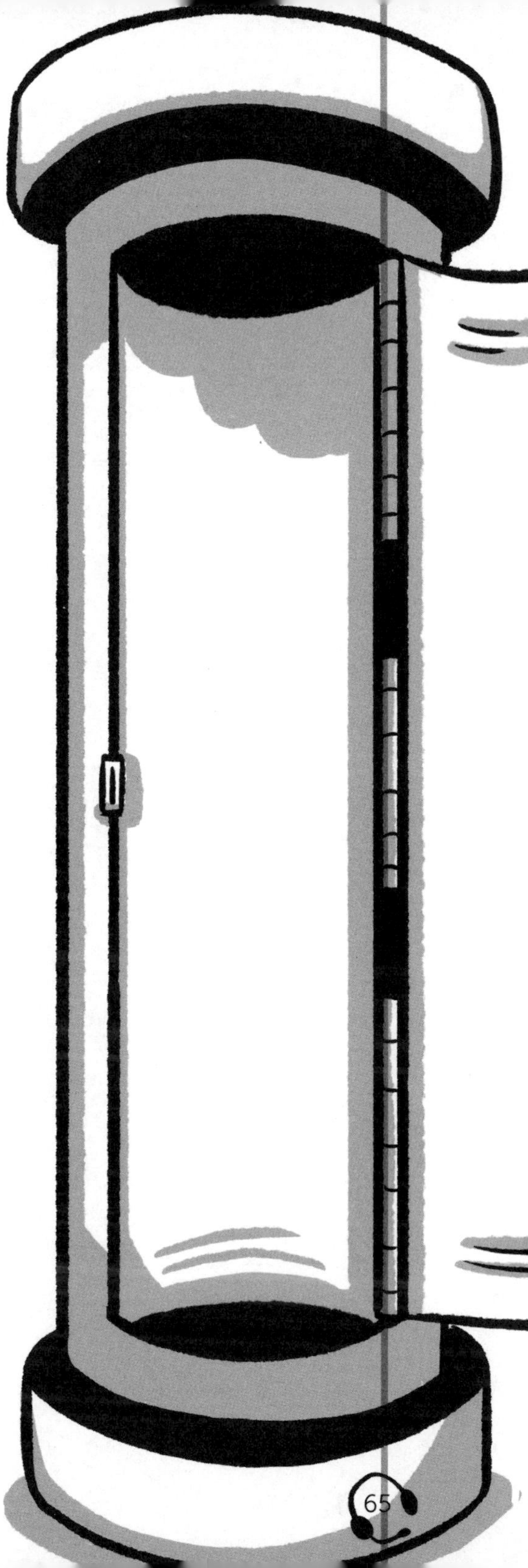

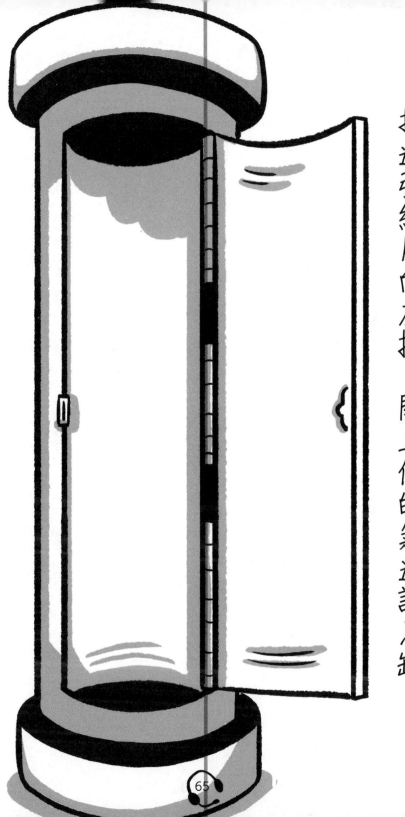

把這張紙片向左摺，關上你的氣送訊息罐！

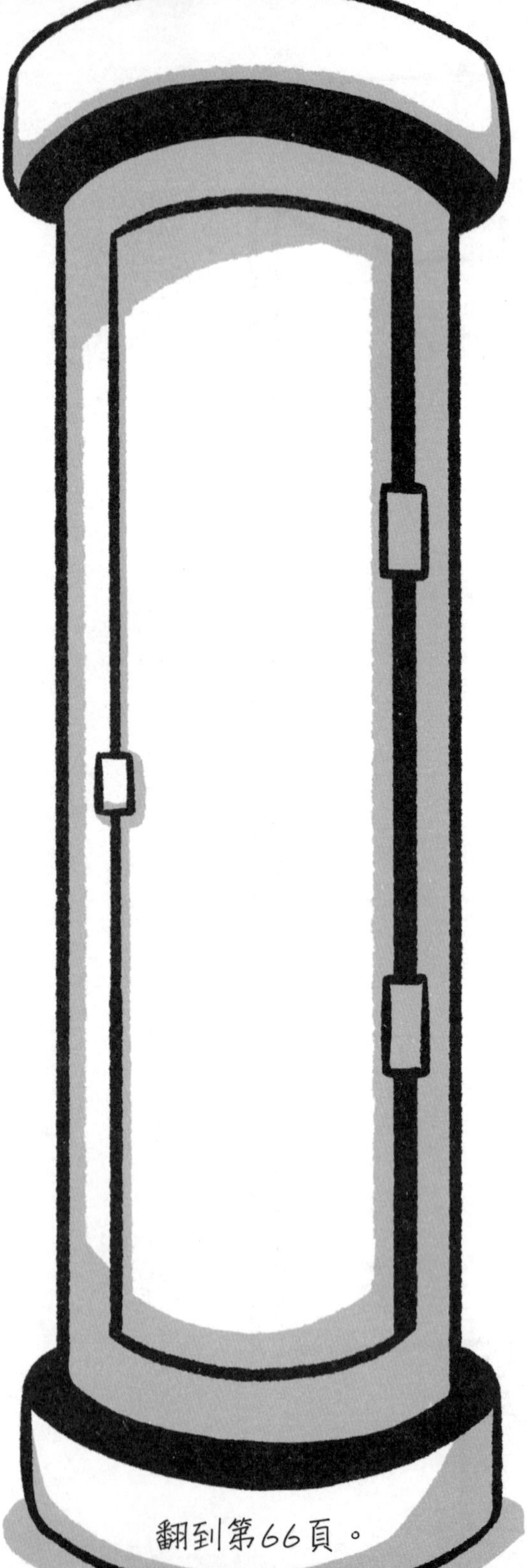

你將罐子放進眼前操作臺的艙口。隨著空氣的噗咻聲響，罐子射進氣送管系統中。

你必須等後援人員把答覆傳送回來……幾秒鐘就像幾年那麼漫長。你弟弟和尼爾需要你——他們不知道該在哪裡降落，降落用的引擎燃料快用完了！

1202
1202
1202
1202
1202
1202
1202
1202
1202
1202

噗咻！

氣送管罐回來了！我們來打開罐子吧。翻到第64頁，然後掀開紙片，看看罐子裡有什麼。

翻到第66頁。

有一小段時間，整個任務控制中心裡的人動也不動。太空人也很安靜。剛剛發生的事情一定很輕柔，登月艙的組員甚至感覺不到。但是控制儀表板上的燈光告訴你，重大的事情發生了。

你想讓艾力克斯自己想明白。而他也想通了。

一個響亮的聲音從月球傳來，橫越太空數十萬公里的距離，透過你的儀表板，進入你的耳機。是艾力克斯的歡呼。

一秒鐘後，他說，「休士頓，我們降落了。」

你和莉內特互相擁抱，上上下下跳著，任務控制中心爆出喝采！

翻到第172頁。

月球車駕駛路線

歡迎來到極富挑戰的駕駛測試！
你看起來還沒準備好要在月球上駕駛。
讓我看看你的實力吧！伸出慣用手，根據指示，
以不同難度的握筆方法操縱這三架載具。
每次都從起點畫一條線到終點，沿途不要撞到任何東西。
如果你碰到障礙物，就必須從頭開始！

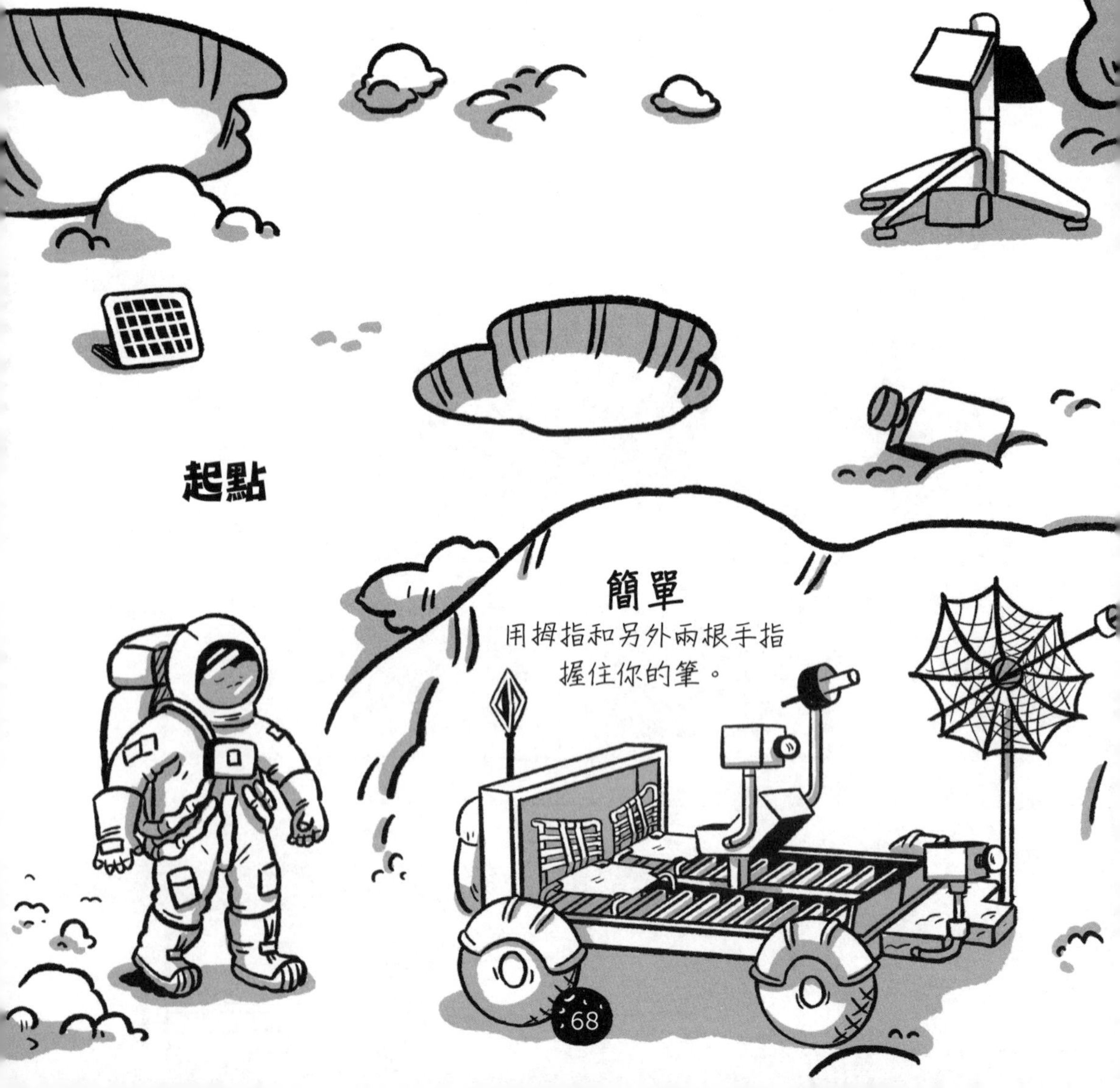

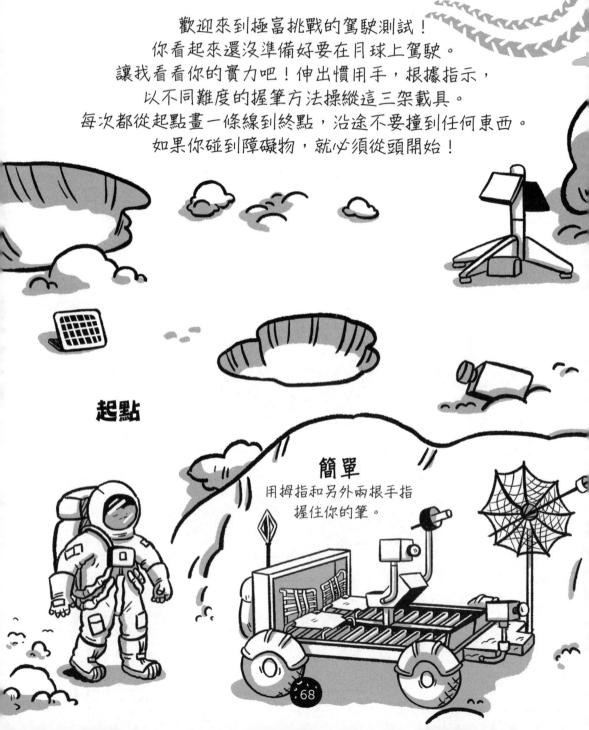

起點
簡單
用拇指和另外兩根手指
握住你的筆。

若你沒有撞到任何障礙物，
完美的完成這三趟駕駛測試，
就翻到第71頁吧。
終點
中等
用拇指和另一根手指
握住你的筆。
困難
用任何兩根手指握住筆，
但不能用拇指。

「我們現在要降落了！」你喊道。「等等——」艾倫有話要說，但你沒在聽。你忙著用最快的速度降下登月艙。

當你猛力撞上月球表面，弄斷了兩根登月艙的支撐腳時，你納悶：「我是不是降落得太早太急？」

故事完結

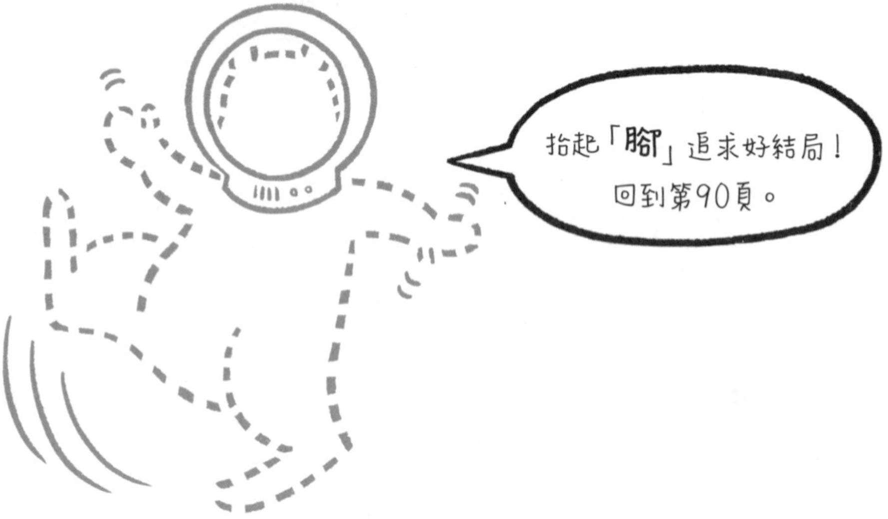
你真的想聽答案嗎？
抬起「腳」追求好結局！
回到第90頁。

看來你還需要多訓練，但沒有時間了！現在，你與兩位夥伴：吉姆．洛威爾和艾倫．雪帕德，在擁擠得不得了、叫做指揮艙的太空艙裡，繞著月球轉。你三天前從地球發射升空、前往月球以來，這個小空間就一直是你的家。

有件事是指揮艙辦不到的，那就是降落在月球上。所以吉姆會留在指揮艙裡，繼續待在月球軌道上，你和艾倫會搭乘登月艙前往月球表面。

艾倫已經在登月艙裡了。沿虛線撕開，將紙片向你的反方向摺進書頁後，跟他會合。像這樣：

你摺完紙片之後，翻到下一頁。

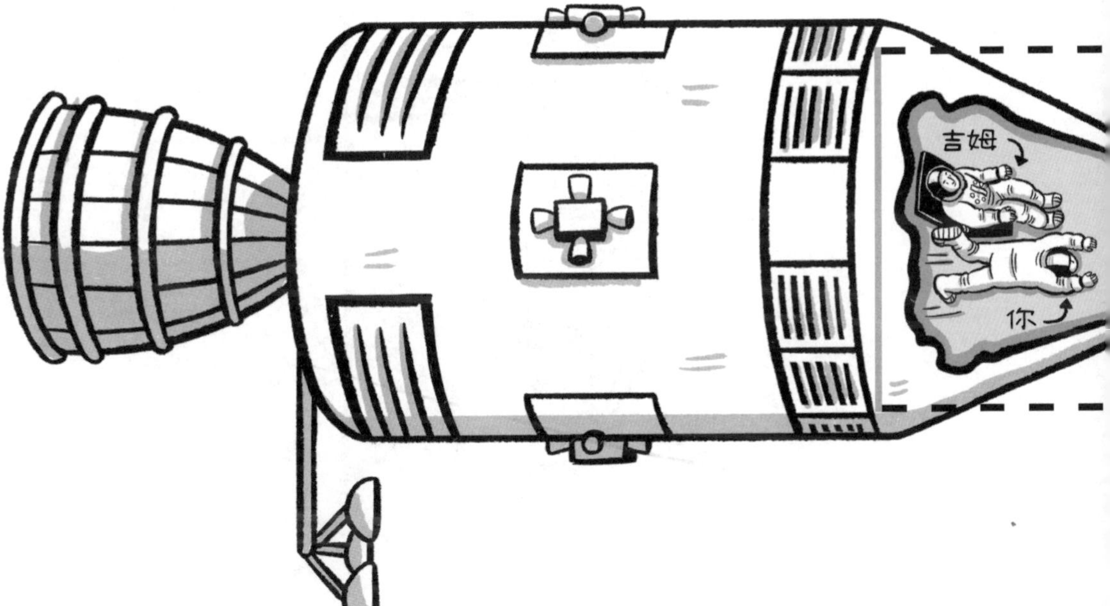
吉姆
你

「嘿，嘿！」艾倫呼喚你，你進入了登月艙，他跟你的距離才不到 15 公分。「空間這麼大，你看得到我嗎？我在這裡！」

你笑了。登月艙裡面其實只有 4.5 立方公尺，頂多像個大櫥櫃。兩位太空人在月球上，就是要在這裡面待將近三天。

登月艙的外層牆壁跟鋁罐厚度差不多，
也就是說，沒比這一頁的紙張厚多少。
為了讓你明白我的意思，用筆在登月艙牆壁的
這裡和這裡各戳個洞。然後翻到第85頁。

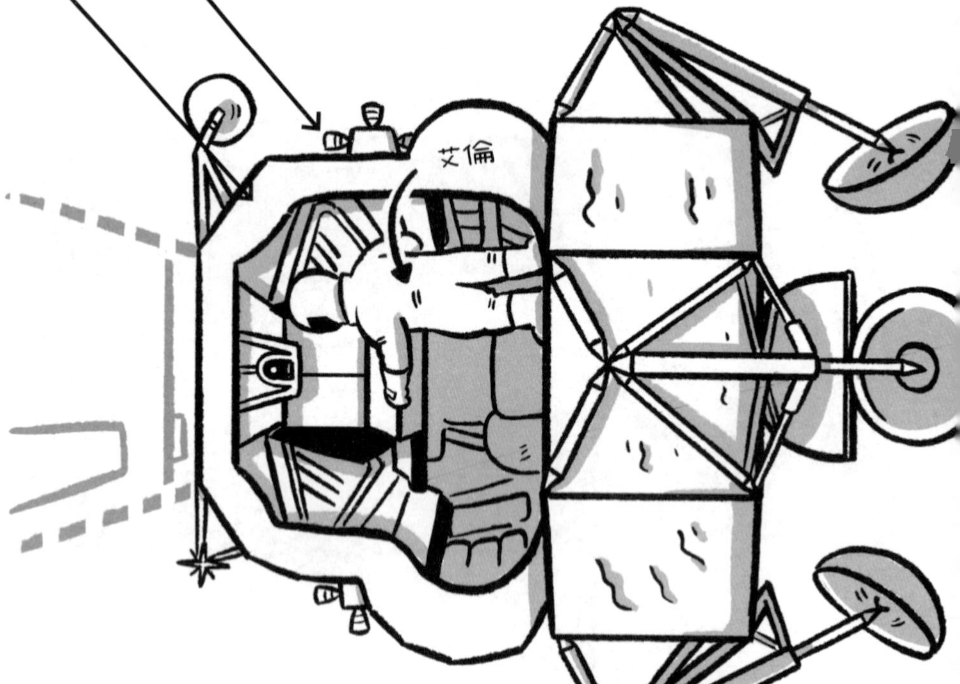
艾倫

「我們不在的時候要乖喔，吉姆！不要偷開派對！」艾倫關起指揮艙和登月艙之間的艙門時，開玩笑的說。艙門關上後，你轉身把駕駛座的設備看得更仔細些。

嗯，哇。如果你看到的東西不會讓你緊張，我接下來要說的話可能會：這條路線，即將、變得、非常、難纏。

準備好要跟指揮艙分開，往下降到月球表面了嗎？
畫出缺漏的按鈕和控制桿，並加入每個形狀的對應編號。
然後按數字順序將它們連起來，在底部的空格裡，
填上你連出的形狀，接著按照指示做。

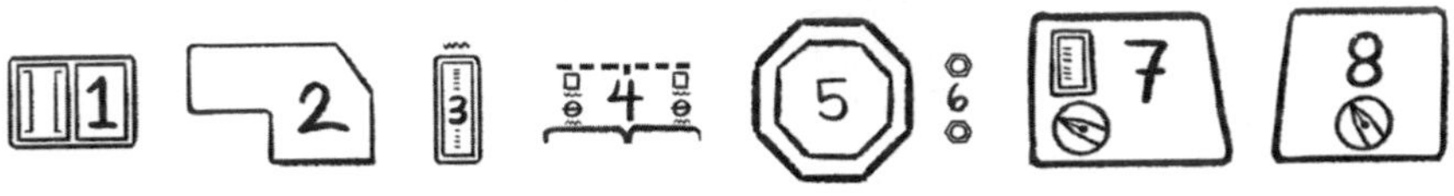
1
2
3
4
5
6
7
8

需要幫忙嗎？
前往第183頁。

翻到第7__頁

你將太空船往下降入坑洞裡，等著降落在表面的衝擊力。

等待著……等待著……

從來沒人探索過這個坑洞，感覺深不見底！

你的燃料用完時，你還在繼續往下掉！

故事完結

別擔心！
我在坑洞盡頭看到了光。
跟著光線回到第87頁！

做得好！

好消息：你們脫離了指揮艙，有足足 12 分鐘，可以駕駛登月艙往下落到月球上。

壞消息：你從 15 公里的高度，以數千公里的時速衝往月球表面。

畫點東西減慢你的降落速度——
降落傘、翅膀或笨重的火箭。

完成以後，
摺起這個紙片。

對著鏡頭微笑吧！ 大約有 6 億人在黑白電視上要見證這個時刻。 那可是地球六分之一的人口呢， 他們正看著你們在另一個世界跨出第一步！

你跟家人說過， 你會在月球表岩屑上替他們畫張特別的圖。「月球表岩屑」 就是月亮柔軟多沙的表面。 畫張好圖吧！ 月亮上沒有風也沒有大氣， 表示你的圖案會永遠留在那裡。

除非我不喜歡你這張畫，
我可能會衝到那邊去把它抹掉。

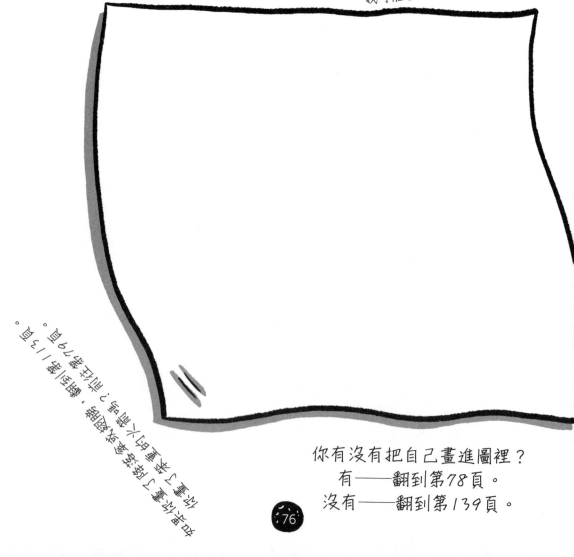

如果你畫了降落傘或翅膀，翻到第113頁。
你畫了笨重的火箭嗎？前往第79頁。

你有沒有把自己畫進圖裡？
有——翻到第78頁。
沒有——翻到第139頁。

我會說，那是個神奇的決定！而且有點太過神奇了。

雖然加點番茄醬滿可口的，但一折就碎的麵條沒辦法幫忙你處理故障的開關。反正你困坐在登月艙裡時，有足夠的時間針對這件事思考……很久很久。

故事完結

啪嚓！
「折」返到第117頁！

艾倫在你背後往下爬到月球表面，然後突然踉蹌一下。「你還好嗎？」你透過無線耳機問道。「我沒事——」艾倫才開口回答，就被控制中心打斷。

「不，你有事，艾倫。我們看到你的呼吸和心跳速度都太快。等你幫忙插上旗幟之後，請回到登月艙休息。」

艾倫點點頭。他一臉失望，但是他能夠理解。「聽到了，控制中心。」

連我都替艾倫覺得難過。大老遠來到月球，卻必須留在登月艙裡？真難熬！裝飾你插在月球表面上的旗幟，為它畫上令人驚奇的設計，來逗艾倫開心。

完成以後，翻到第89頁。

很棒的選擇！要控制你降落的速度，其實得靠笨重的輔助火箭。可是如果你用錯方法，接觸月球表面時，可能會翻覆。

啊，我剛剛忘了提，燃料不多，你只有一次著陸的機會。看到下方的傾斜月球表面了嗎？你得確保登月艙以正確的角度落地，請選擇能夠幫你平穩降落的引擎噴射紙片，將它沿虛線撕開並摺起。

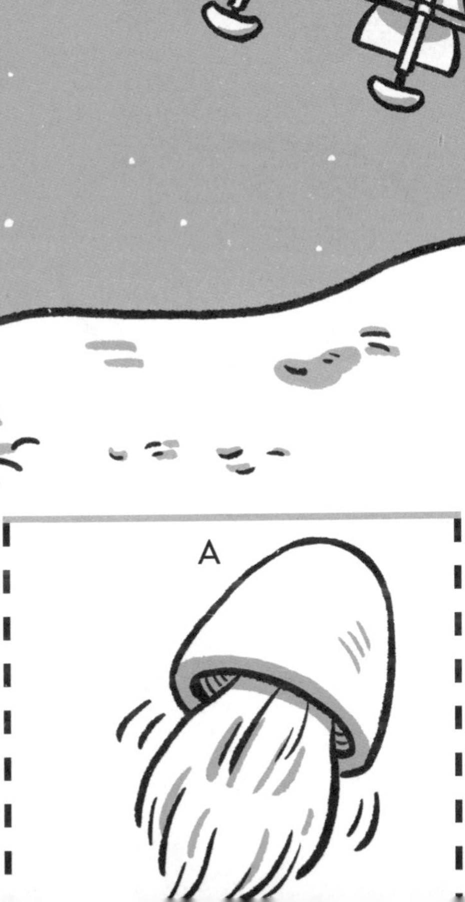
A

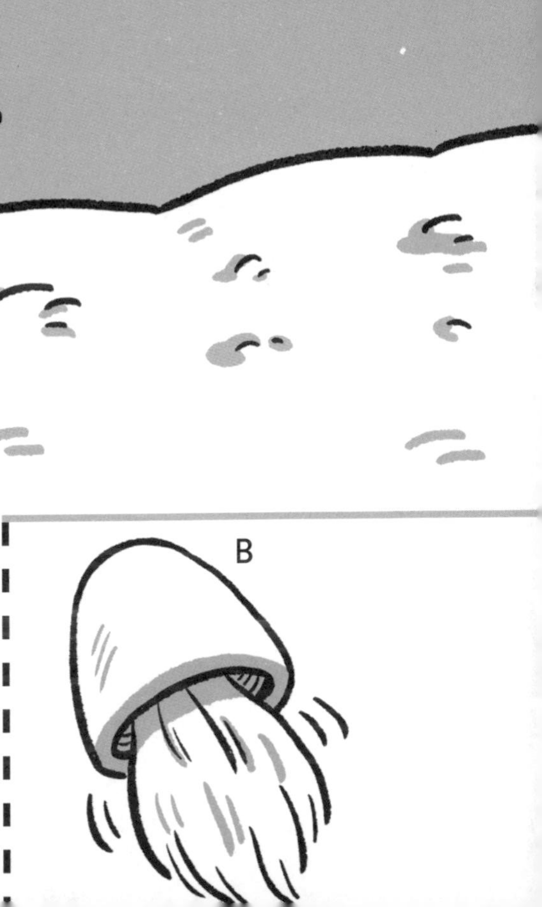
B

啪嚓！

你曾經是班上最會撐開橡皮筋的人，記得嗎？你朋友們的橡皮筋都斷掉了，但你的卻繼續延展。

你想你也可以這樣逼出燃料的極限。

悲傷的是，你恐怕錯了。燃料在幾分鐘前就耗光了。你現在正失控的往月球表面迅速掉落，你們就跟橡皮筋一樣——啪嚓！

故事完結

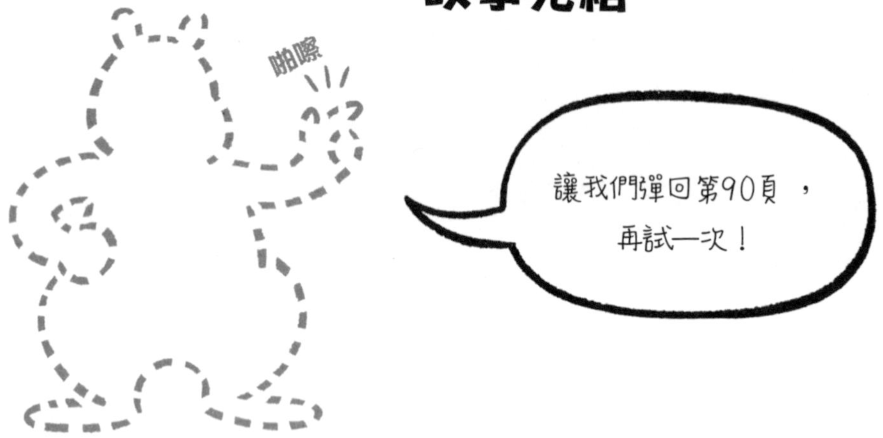
啪嚓
讓我們彈回第90頁，
再試一次！

發射起飛！「喔耶！」佛列德嚷嚷，彷彿這是他這輩子坐過最棒的一趟雲霄飛車。

你也有同感，這刺激得令人心跳飛快！

火箭將你們推往天空時，每秒鐘會燒掉15公噸的燃料。而且光要衝出地球的大氣層，就會燒掉超過375萬公升的燃料！你就像在搭乘龍捲風——可能還不只一個龍捲風！

在火箭下面畫出三個龍捲風，然後翻到第140頁。

你等不及要讓太空總署的大家，看看你在月球上蒐集到的東西。他們會很驚訝！但我想當你明白袋子裡真正裝了什麼的時候，你也會很吃驚……

故事完結

「石」在太慘，
快到第109頁，再試一次。

最後摺這裡

再摺這裡

從這裡摺起

1202

選得好，我還滿佩服的，也許你是真的有兩下子。等等，電腦試著要告訴你什麼，是警訊。可能不是好事。

1202、1202……

「控制中心？」艾倫用太空裝裡的無線電呼喚地球。「你們看得到這個嗎？ 1202 警訊是什麼意思？」

「呃，給我們一點時間，」任務控制中心回答。就你記憶所及，這是控制中心第一次用擔憂的語氣說話。「我們會查清楚的。同時請關掉警示。」

我知道那是什麼！
阿波羅11號任務
發生過同樣的事。

182

為了關掉警示，將右邊和上方閃著1202的兩張紙片沿虛線撕開，並摺起來。
按指示一直摺，直到抵達空白的螢幕。
你在兩張紙片的背面，
總共看到幾次「**警告**」？
將次數填進空格。

前往第8___頁。

最後摺這裡

再摺這裡

從這裡摺起

1202

需要幫忙嗎？
翻到第183頁。

警告

警告

警告

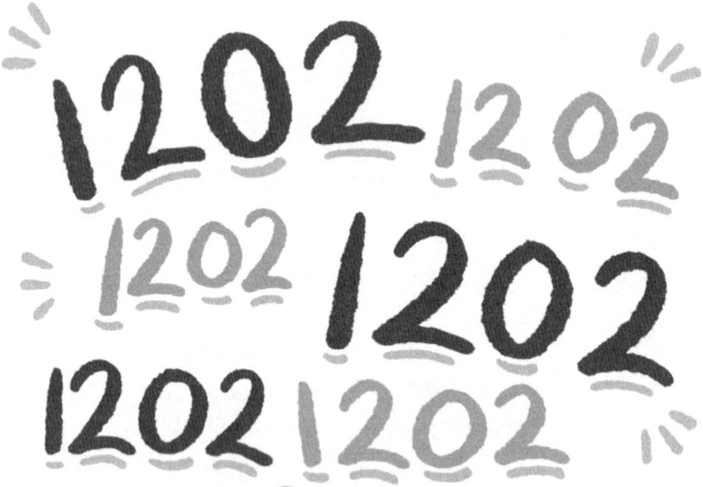
1202
1202
1202
1202
1202
1202
1202
1202
1202
1202

警告

警告

警告

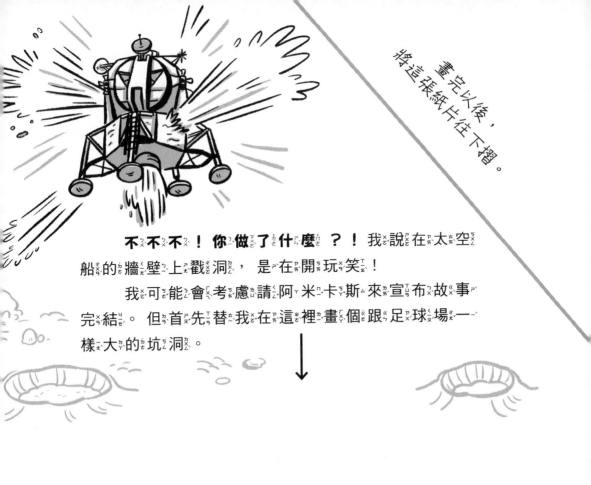

畫完以後，將這張紙片往下摺。

不不不！你做了什麼？！我說在太空船的牆壁上戳洞，是在開玩笑！

我可能會考慮請阿米卡斯來宣布故事完結。但首先替我在這裡畫個跟足球場一樣大的坑洞。

↓

「我們要在有警示的狀況之下，繼續執行任務。」控制中心說。艾倫似乎不怎麼信服。事實上，他臉色發青。「你們確定嗎，控制中心？」

「是的。」中心回應：「控制你們速度和方向的電腦超載了。資訊過多。我們必須重啟才行。」

重啟電腦要花兩分鐘。對於燃料有限、正往月球表面墜落的你們來說，兩分鐘很久。

好啦，戳洞的事就當沒發生吧。前往第73頁。

對了，你最近有沒有看看窗外？
沿著虛線撕開，摺起紙片看一看。

前往下一頁。

沒錯，你們正要前往跟足球場一樣大的坑洞。（不要怪我！當初畫出這個的是你！）

就像阿波羅 11 號任務的組員，你們眼前只剩可運作 90 秒的燃料、超載的電腦和巨型坑洞。「我們該怎麼辦？」艾倫問你。

180

問得好，
艾倫。

如果你決定降落在坑洞裡，翻到第74頁。

如果你認為你們可以成功抵達另一邊，翻到第44頁。

如果咳嗽的起因不是暈船，那會是什麼？你需要時間想想。「密切注意所有狀況，恰克。」你說：「我馬上回來。」

恰克瞪大了雙眼。「你要去哪裡？」

好問題。你到底要去哪裡？

如果你衝去找莉內特，
翻到第46頁。

如果你為了找靈感，跑到外面看人造衛星史普尼克，翻到第39頁。

做得好！旗幟就定位後，艾倫就爬上回登月艙的梯子，你答應會用無線電隨時更新狀況，然後就揮手道別。

「別擔心，我不會有事的！你快去替太空總署找出那些斜長岩吧！」艾倫說，然後消失在艙內。

嗯，斜長岩到底是什麼呢？邪惡的長舌怪嗎？
傾斜的地形？還是會拉長的植物？

不管你認為斜長岩是什麼，把你想像的它畫在這裡。
完成以後，翻到第102頁。

太棒了！你成功越過坑洞，但是你依然需要安穩的降落。

「只剩下 33 秒的燃料！」艾倫說。

你必須要讓登月艙降下來，否則就要放棄這趟旅程。前方似乎有適合下降的區域，而且還不只一個！

你會嘗試在哪個地點降落？

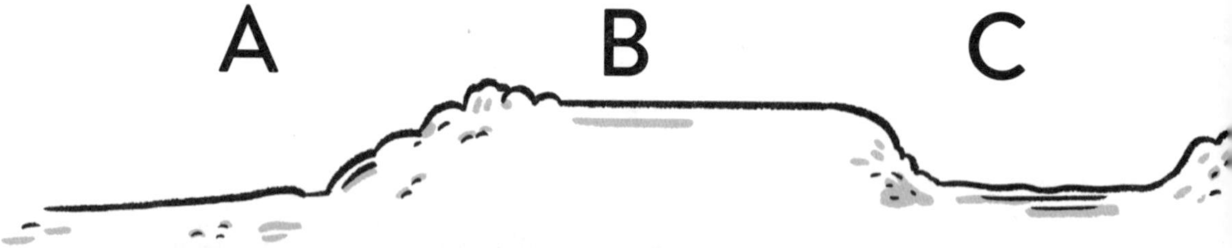
A
B
C

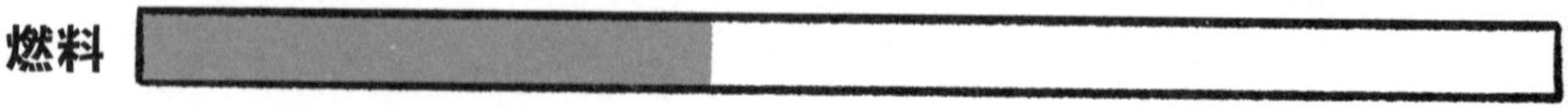
燃料

A：前往第70頁。
B：翻到第162頁。
C：翻到第80頁。

駕駛月球車的時候到了！ 你面前沒有方向盤，必須用 T 形控制器來操縱方向與速度， 操作技巧並不容易， 所以你最好計畫好自己的路線！

要記得太空總署有個非常嚴格的規定： 你不能開得太遠， 必須確保萬一月球車故障， 你的隨身氧氣還足以讓你走回去登月艙。

現在， 氧氣筒中的氣體量， 大約可以讓你從 A 點步行到 B 點。

A
B

那麼，依照上方的距離長度判斷，
你會挑選以下哪條路線乘著月球車兜風？

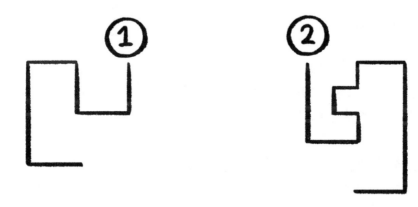

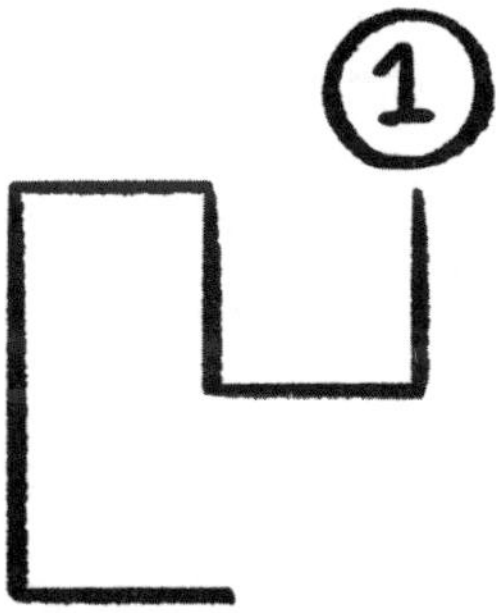
1

2

你選擇了1號路線嗎？
前往第108頁。

你選擇了2號路線嗎？
翻到第95頁。

沒錯，很棒的想法！
如果你想回到地球，其實你需要先繼續前進。

你本來就想過要環繞月球航行……現在必須實現這想法才能得救。雖然無法登月了，但月球會拯救你們的生命。

「準備在月球周圍進行重力助推。」你對佛列德和傑克說。

當你們接近月球時，它的重力會抓住太空船，將它拉得更近。太空船會如同月球繞地球似的繞著月球轉，並且提升速度。接著，就像是彈弓發射一樣，一股力道將你們拋回地球。這會讓你們更快到家……在氧氣用完以前！

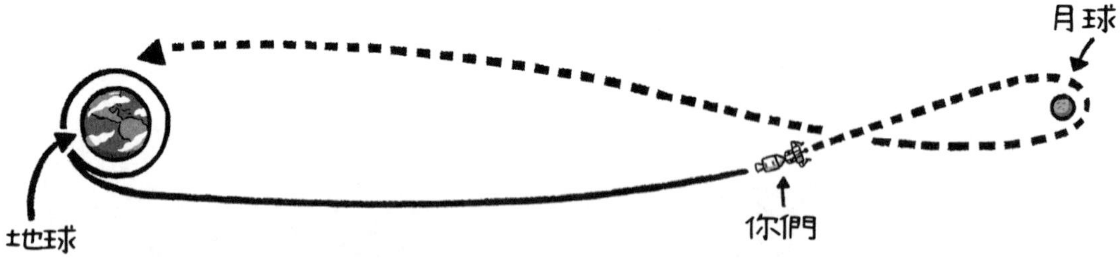
月球
你們
地球

你在日常中走下山丘或坡道時，都會得到「重力助推」。為了讓你體會我的意思，請引導右頁那輛耗盡燃料的太空車到終點線那裡。

在兩個空白的圓圈裡畫出正確的坡道，讓太空車從最上方滑行到終點。選項中的每個坡道都只能用一次。將你選擇的坡道編號，照滑行順序寫進下方空格。然後按照指示行動。

我替你完成了第一格。因為我人好到不行。

翻到第1____頁。

需要幫忙嗎？
快速前往第183頁。

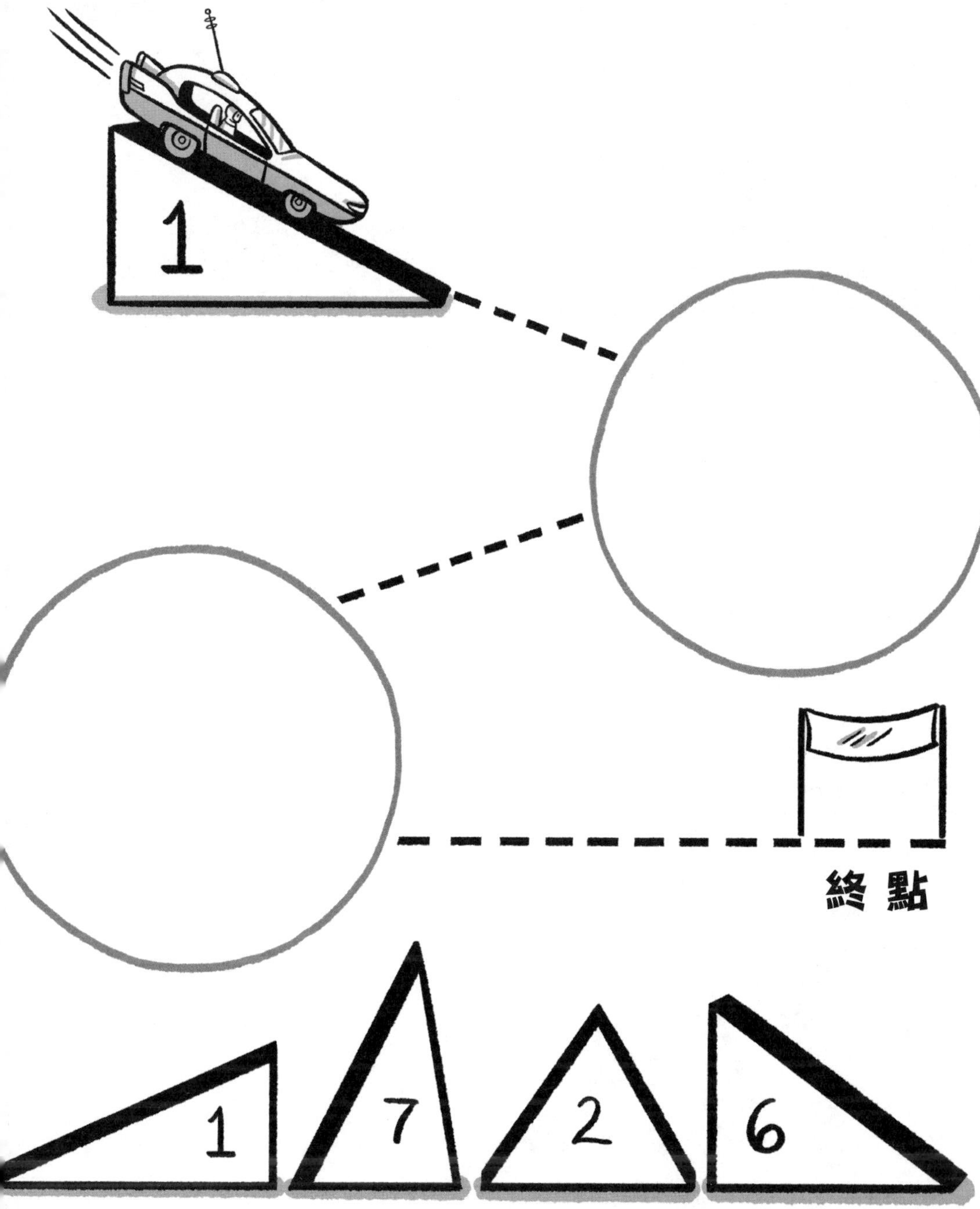
1
終點
1
7
2
6

「那是接觸燈在閃動！」艾倫喊道，「表示我們降落了！」「那你為什麼一臉擔憂？」你問，對他臉上的表情覺得困惑。艾倫指向窗外。「我不確定我們到底降落在哪裡！」

「糟——糕！」你喃喃說，跟著望過去。沒錯，我的朋友，確實很糟糕。

故事完結

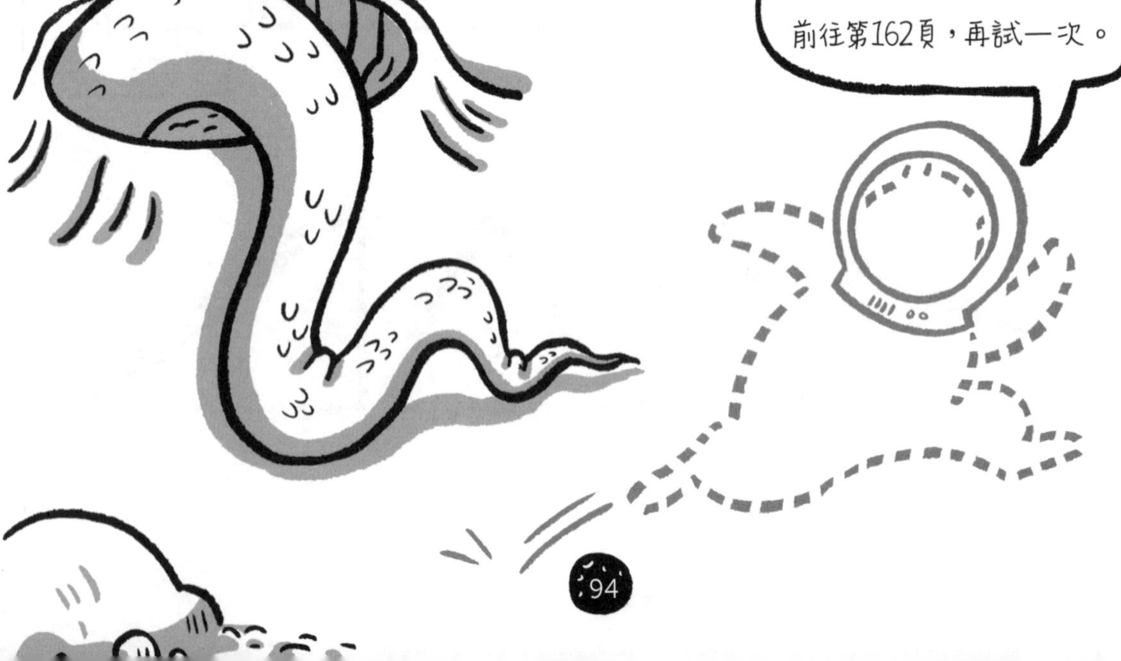
真是怪獸般的結局！
前往第162頁，再試一次。

你開心的在月球上巡遊，想像有風吹起你的頭髮。你只希望太空總署在月球車上裝音響，這樣你就能大聲播放自己最愛的歌。

那首曲子該不會叫《你離開登月艙太遠》吧？

當月球車後來故障，你困在什麼都沒有的地方時，這是個值得你思考的好問題。

故事完結

讓你搭便車回第91頁，
再試一次！

你很棒！花了那麼多功夫蒐集這些老岩石，你值得享受一下點心！幸運的是，你的太空裝裡有內建的飲料裝置，或者說飲食供應設備。你可以利用吸管，從其中一個袋子喝水，或從另一個袋子吸取食物。好吃！我喜歡袋裝的食物！

你希望袋子裡裝著什麼？

把你最愛的餐點畫進食物調理機裡，然後好好攪拌打碎！
現在，把這份餐點倒進袋子裡。
啊！看起來好噁心！請立刻翻到第110頁。

你和艾倫高聲歡呼！那盞藍燈表示登月艙的支撐腳接觸到月球表面。你們降落得如此平順，什麼都感覺不到！

「我不知道你之前為什麼那麼擔心，」艾倫笑著說：「燃料還可以再撐兩秒鐘。」

你關掉引擎，四周突然變得靜悄悄。任務控制中心等著聽你接下來要說的話。我也是。

180

你明白你在月亮上透過無線電說出的頭幾句話，即將會流傳青史。我知道尼爾·阿姆斯壯說過什麼，但你會選擇說哪些話？

快！照著下方指示想出相對應的詞，填進空格。

形容詞：＿＿＿＿＿＿＿＿　　形容詞：＿＿＿＿＿＿＿＿

形容詞：＿＿＿＿＿＿＿＿　　形容詞：＿＿＿＿＿＿＿＿

動　物：＿＿＿＿＿＿＿＿　　食　物：＿＿＿＿＿＿＿＿

副　詞：＿＿＿＿＿＿＿＿

完成以後，沿著虛線撕開，
然後摺起紙片。

「呃，」艾倫無力的對著你說的話輕笑一下：「滿有意思的。」不過，除了笑話不好笑，你的夥伴顯然真的生病了。他捧著肚子，勉強擠出笑容說：「我們穿上太空裝，到外面去吧！」

太空裝就像隨身攜帶的太空船，具備生存所需要的一切。但要花好久才能穿好！你已經穿著壓力服。但為了要到月球上漫步，你還要穿上……

- **防護靴罩**

- **有橡膠指尖的手套**

- **有防曬保護層和微粒過濾罩的頭盔**
- **隨身維生背包，裡面有氧氣和冷卻水**

前往下一頁。

將你之前寫的那些字填進空格。
我等不及要讓地球上的人聽聽你要說什麼！

「任務控制中心，________________又
（形容詞）

________________的一隻________________
（形容詞）（動物）

已經________________降落了。
（副詞）

簡直像一個__________又__________的
（形容詞）（形容詞）

________________。」
（食物）

翻到下一頁。

太空裝和背包加起來在地球上重達82公斤，但在月球上感覺起來不到15公斤，因為重力比較小！

把左頁的每樣東西畫在你的太空裝上，然後翻到下一頁。

你和艾倫幫忙對方穿好太空裝以後，打開登月艙的艙門。

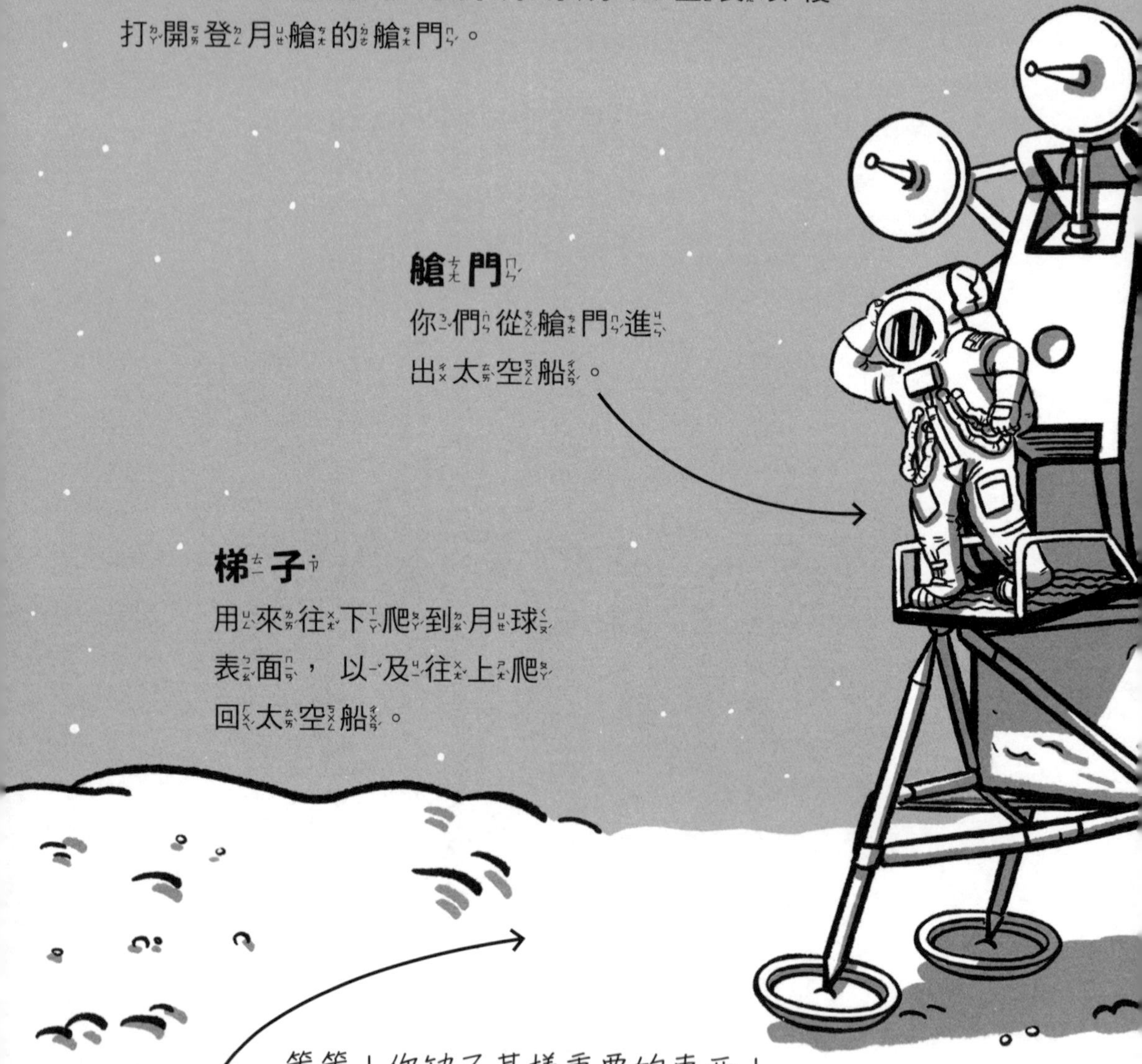
艙門
你們從艙門進出太空船。
梯子
用來往下爬到月球表面，以及往上爬回太空船。

等等！你缺了某樣重要的東西！
在這裡畫出梯子，這樣你們才能往下爬到月球表面。
梯子就定位以後，繼續行動！

你的腳陷進柔軟帶沙的地表時，你突然意識到這個時刻有多重大。你們正站在另一個世界上。越過月球表面，你可以看到家鄉，地球。你辦到了！

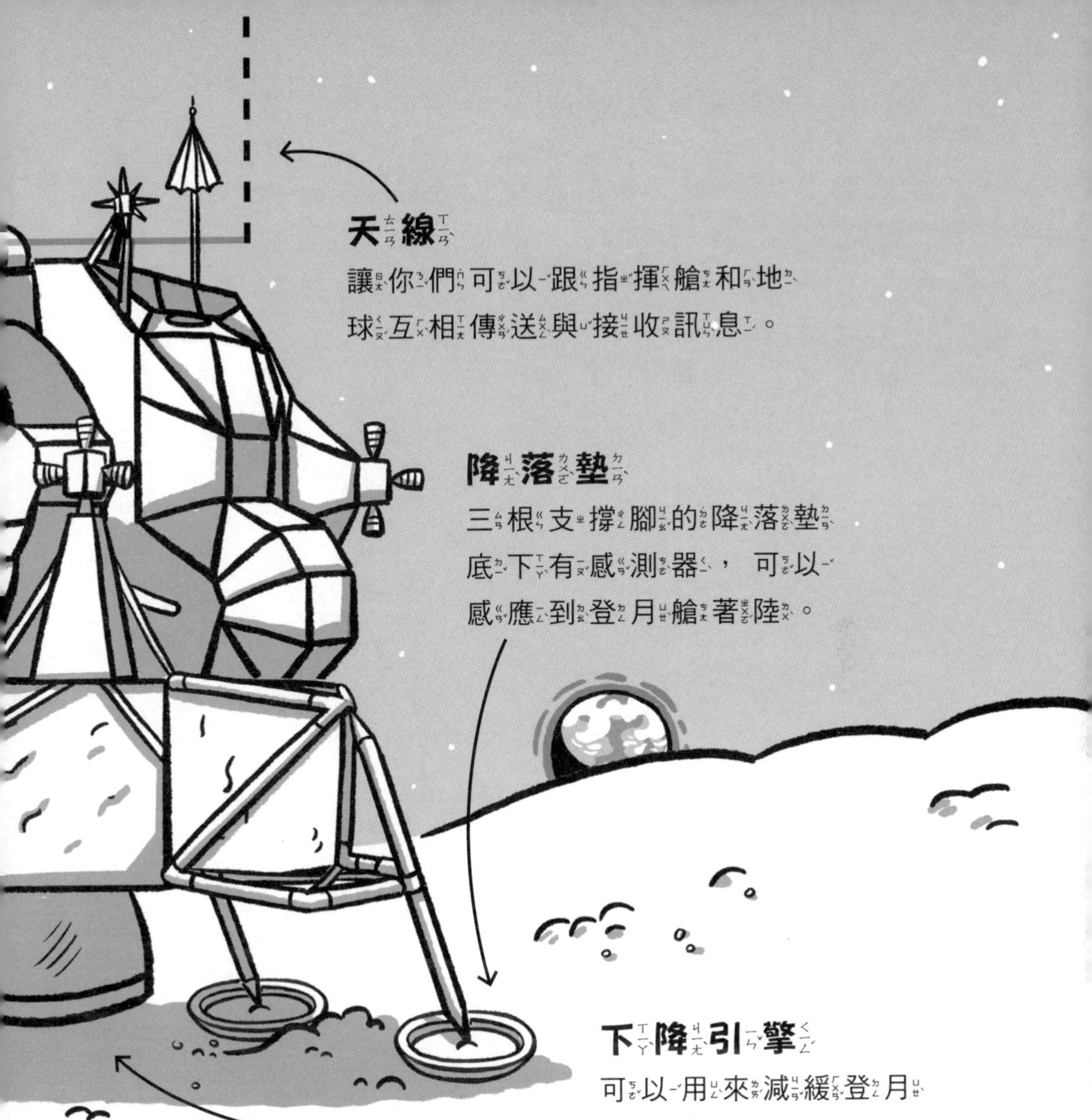
天線
讓你們可以跟指揮艙和地球互相傳送與接收訊息。
降落墊
三根支撐腳的降落墊底下有感測器，可以感應到登月艙著陸。
下降引擎
可以用來減緩登月艙降落在月球表面上的速度。

仔細看過登月艙了嗎？現在沿著上方虛線撕開，
摺起紙片，按照地球傳來的無線電指示行動。

啊！斜長岩是月球上最老的岩石！其實我一直都知道，因為我是個天才！

你已經了解月球上的重力弱，因此你可以在月球上跳得超高。事實上，比起在地球，籃球選手在月球上可以跳六倍高。可是穿著笨重的太空裝走來走去依然非常累人，離開登月艙之後，走個 100 公尺左右，你就會覺得累了。

跳到第76頁。

200公分
170公分
130公分
100公分
60公分
30公分
地球
月球

前往下一頁。

幸好，太空總署的夥伴一直持續規劃可以在月球駕駛的交通工具。他們曾想像過幾種，到底會派哪種讓你在出任務時用？

從頂端開始，畫出每種交通工具在你心目中的樣子。
然後選擇你想駕駛的交通工具，沿著虛線撕開，摺起紙片。

月球蟲

月球彈跳棒

月球車

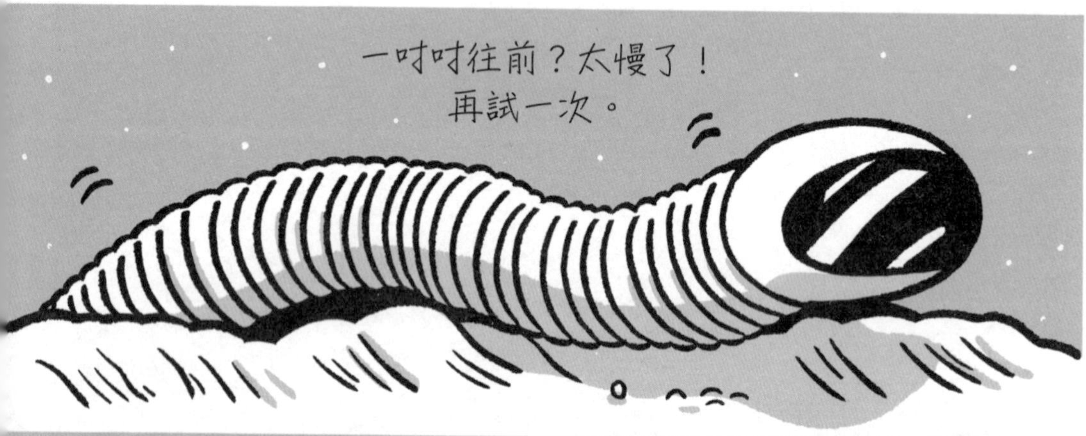
一吋吋往前？太慢了！
再試一次。

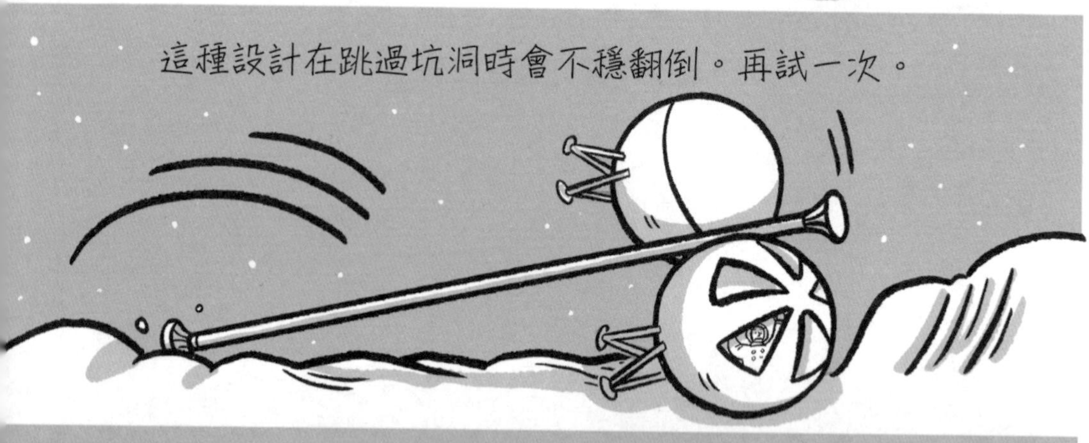
這種設計在跳過坑洞時會不穩翻倒。再試一次。

這才是適合你的交通工具！
翻到第106頁。

你傾斜得太多了。 登月艙著陸時翻了過去！

故事完結

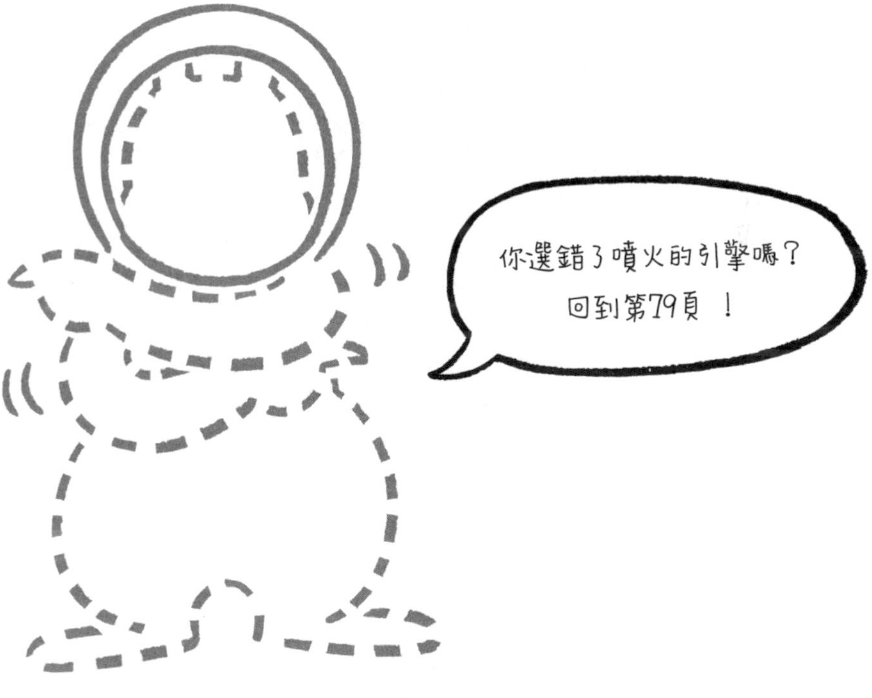
你選錯了噴火的引擎嗎？
回到第79頁 ！

跟你的新夥伴打招呼！月球車原本收摺起來，貼靠在登月艙上，這樣才容易帶到月球。一般來說會需要兩個太空人合力打開，但我願意替你展開。畢竟月球車建造費要花 3 千 8 百萬美金，換算起來是現在的 2 億美金——我可不想看到你刮傷它。

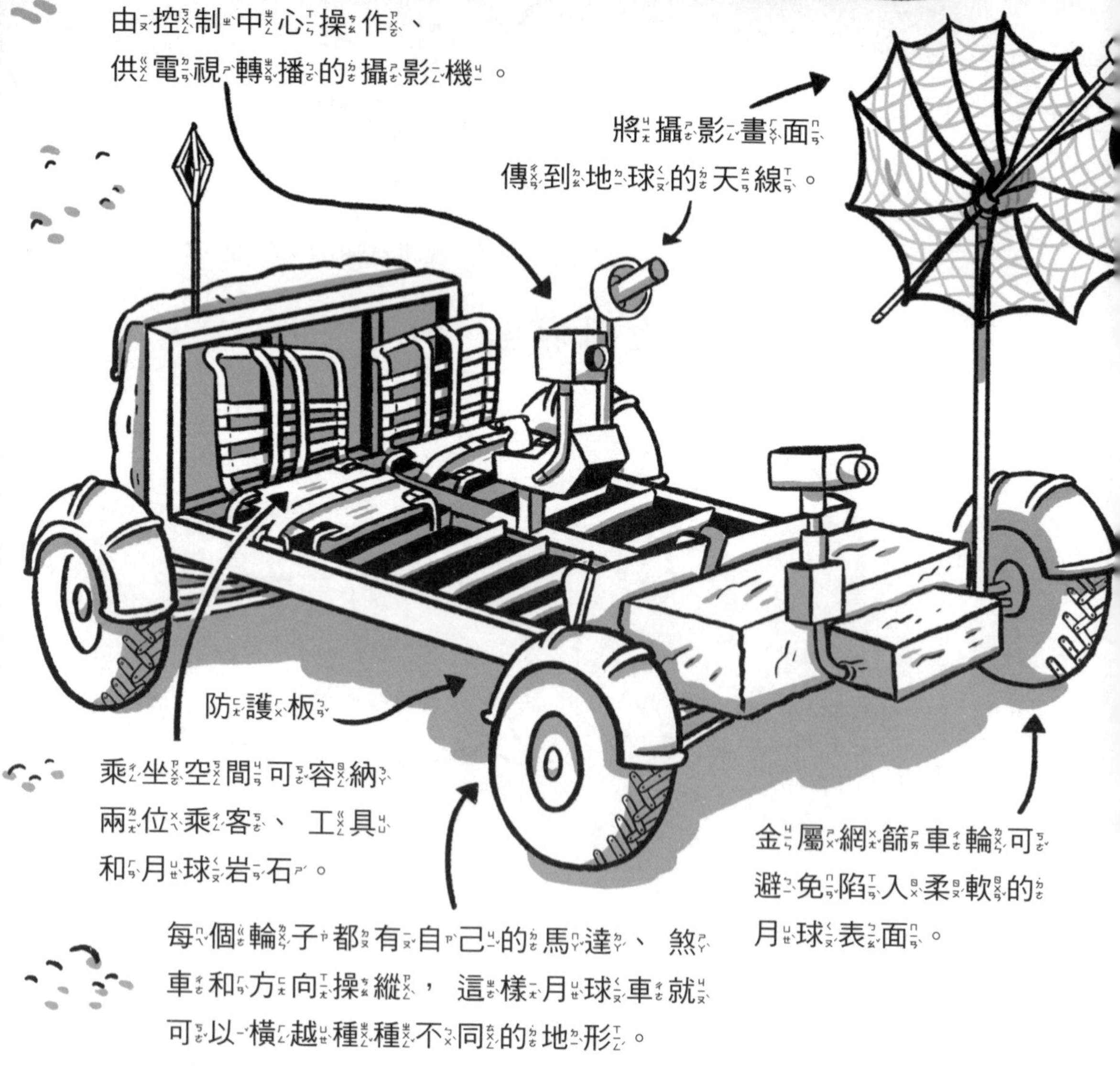
由控制中心操作、
供電視轉播的攝影機。
將攝影畫面
傳到地球的天線。
防護板
乘坐空間可容納
兩位乘客、工具
和月球岩石。
每個輪子都有自己的馬達、煞
車和方向操縱，這樣月球車就
可以橫越種種不同的地形。
金屬網篩車輪可
避免陷入柔軟的
月球表面。

前往右頁

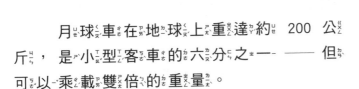

月球車在地球上重達約 200 公斤，是小型客車的六分之一——但可以乘載雙倍的重量。

你知道這輛月球車缺了什麼嗎？
缺了一面車牌！把你的車牌畫在這裡。

完成以後，看看我的家用車車牌。利用它來填以下的空格。

翻到第____頁

100-3X3

需要幫忙嗎？
翻到第183頁。

太好了！時速大約 12 公里，你越過小丘的時候，會有一些騰空的感覺。

開著月球車走走逛逛是滿愉快的，
但蒐集斜長岩的時候到了。
任務控制中心希望你從月球的不同區域，
蒐集總共10公斤的斜長岩。

等你蒐集到10公斤的斜長岩以後，
就把岩石上的字母重新排過。

T
13公斤
A
1.5公斤
R
4公斤
S
0.1公斤

O
9公斤
X
12公斤
V
9.2公斤
L
2.5公斤
U
0.5公斤
E
11公斤
N
1.5公斤

你拼出了*LUNAR*（月球的）
這個英文字嗎？
翻到第96頁。

你拼出了*ROVER*（漫遊者）
這個英文字嗎？
翻到第82頁。

……哈囉……？
無線電傳來艾倫昏昏沉沉的聲音。
接著你聽到任務控制中心給你的指令：
回到登月艙。艾倫的狀況變糟了。他需要去指揮服務艙那裡拿醫藥箱，你們必須馬上離開。
救命……

艾倫有麻煩了，快回去登月艙！你急著要抓控制桿，結果戴著手套的手喀啦撞裂了它後方的儀表板。天啊。

唉，你剛剛弄壞的電腦負責追蹤每個輪子走過的距離。這樣就可以一步步回溯你之前的每一個動作，帶你回到登月艙。但現在無法了！正常的地球指南針在這裡不管用，這裡沒有磁場可以讓指針轉動。

所以你要怎麼找路回到登月艙？月球表面的一切看起來都一模一樣。好險每個太空人都受過訓練，知道怎麼應付這種狀況：利用太陽羅盤。太陽羅盤看起來像這樣：

前往下一頁。

但是我沒時間替你溫習太陽羅盤的
運作方法。所以我們就用這根桿子，
看看你到底是否能正確操作，我替你插
在月球表面上了。

將這個角落摺起，
看看太陽照到桿子後，
生成的影子會指示你去哪條路。

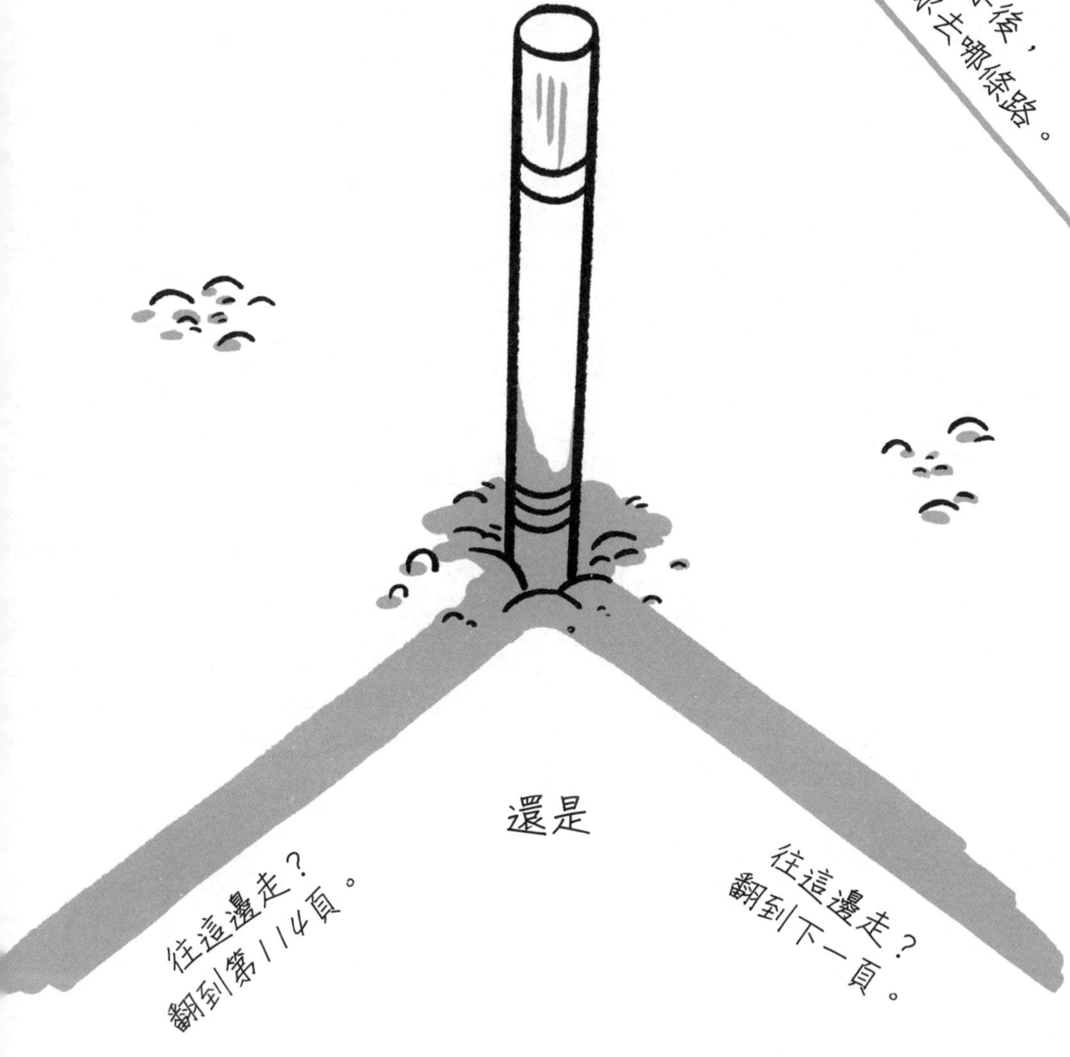
還是
往這邊走？
翻到第114頁。
往這邊走？
翻到下一頁。

你沒找到登月艙。但是你發現了充滿不可思議斜坡的神奇坑洞，非常適合練習月球車的跳躍。於是你的月球車跳著跳著就失去動力。看來沒得玩了！

故事完結

跳回第111頁，
找回好結局！

呃，非常有趣的選擇，但是選錯了。月球周圍沒有大氣層，所以翅膀和降落傘沒辦法施力或是撐開，根本派不上用場！即使月球重力不強，你都會像顆石頭重重墜落——哎喲！

故事完結

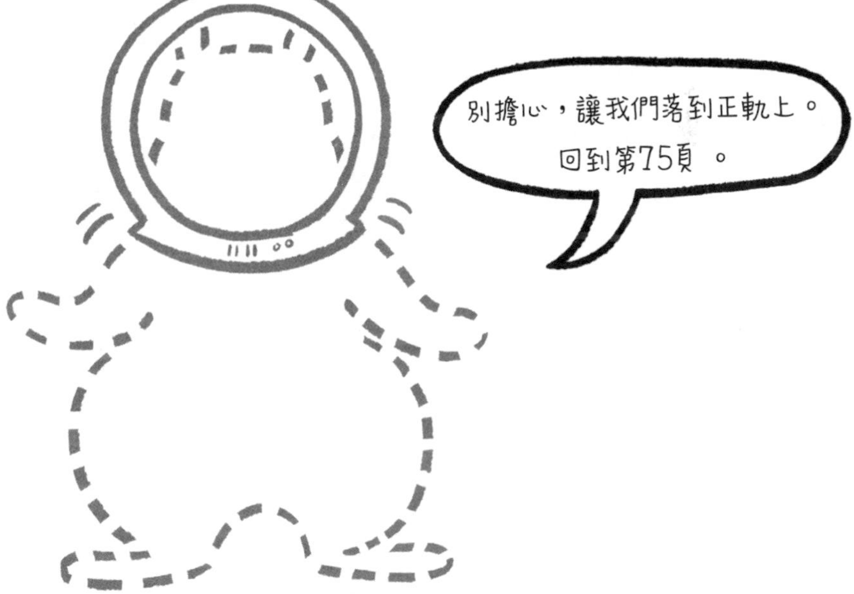
別擔心，讓我們落到正軌上。
回到第75頁 。

選得好，我很佩服。可是前方還有其他挑戰。你得快點回去登月艙，知道方向還不夠，抄個捷徑吧！

切記，你要從起點走到終點，而且不能回頭！
將沿路碰到的字按照順序寫在下方，
解讀過後，跟著指示走。

需要幫忙嗎？
翻到第184頁！

________________________。

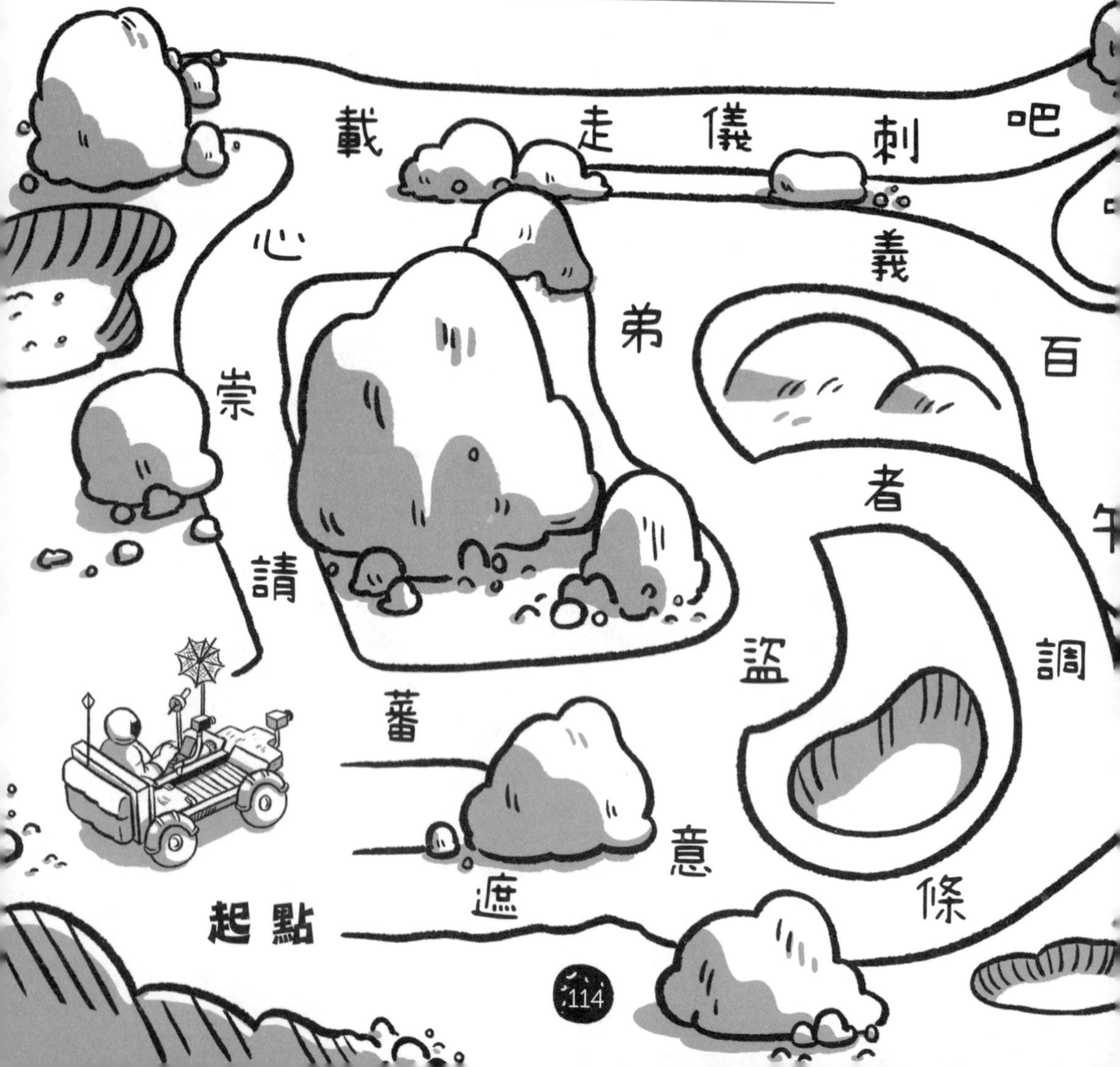
載
走
儀
刺
吧
心
義
弟
百
崇
者
請
盜
調
蕃
意
遮
係
起點

終點
哈
哈
呵
頁
頁
呵
四
石
四
伊
上
石
灰
加
繞
又
再
十
稻
來
蒽
通
鹿
跟
本
步

我想你準備好繞著月球轉了！我必須事先警告你：當你完成這項操作時，月球會擋住送往地球的訊號。這表示你們有幾分鐘無法跟任務控制中心交談。歷史上沒幾個人曾距離其他人類那麼遙遠，又如此孤獨。

你跟夥伴在無線電靜下來時，情緒很緊繃。請把你們為了撐過那段時間而做的事情，畫成一幕電影場景。

即將上映

前往第165頁。

178

快！你一定要換掉故障的開關。只有這樣才能啟動引擎。你四下張望……午餐的義大利麵，艾倫碰也沒碰。你可以拿義大利麵來用嗎？

你不確定，往下看看自己用來寫字的手。也許你可以用自己的筆？

不管你選了哪個物件，
畫出來，用來代替那個故障的開關。

你用了義大利麵條嗎？
翻到第77頁。

你畫了一枝原子筆或鉛筆嗎？
翻到第20頁。

你在火星人旁邊的王位坐下來。我開玩笑的，你是在電腦前的椅子坐下，然後對你旁邊的副指揮官恰克揮手。他把任務內容都記在腦袋裡，知道所有步驟順序。

最好先跟距離1500公里之外的火箭內組員聯絡，確認一切是否正常。

「嘿，老大。」恰克興奮的邊擺動邊說：「發射倒數五分鐘！」

「阿波羅，這裡是任務控制中心，」你透過耳機說：「準備好要出發了嗎？」

「絕對的！」你弟弟從火箭上回應：「除了出發沒有其他！」你笑了：「在指揮艙的狀況如何，老兄？」

噢，對，我忘了提這件事：

你弟弟是太空人，他是這場阿波羅任務的艙內指揮官！

你弟弟跟尼爾．阿姆斯壯和巴茲．艾德林出現在房間前側的大螢幕上，模糊黑白影像在畫面上跳動著。

前往下一頁。

「這個嘛，我們正坐在36層樓高、極易爆炸的燃料上方，」你弟弟輕笑著回答：「而且在指揮艙裡有點擠。」

也許你可以幫忙讓你弟弟、巴茲和尼爾更舒適些。
請他們想像自己是沙丁魚。

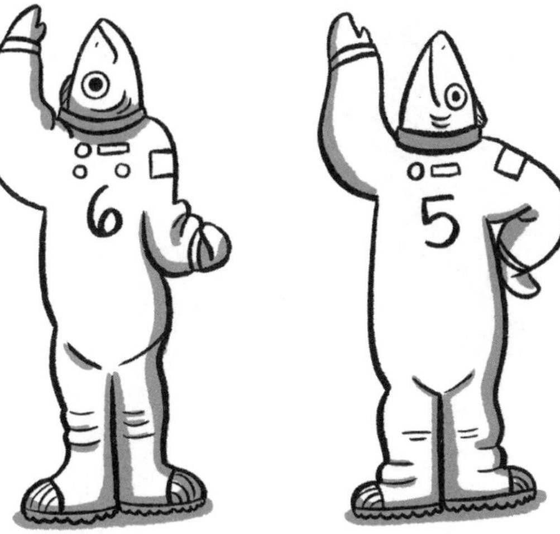

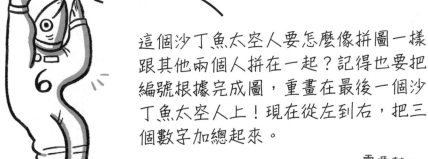

這個沙丁魚太空人要怎麼像拼圖一樣跟其他兩個人拼在一起？記得也要把編號根據完成圖，重畫在最後一個沙丁魚太空人上！現在從左到右，把三個數字加總起來。

需要幫忙嗎？
翻到第184頁。

如果你的總和是20，
翻到第26頁。

你得到的總和是17嗎？
前往第18頁。

任務指揮官路線

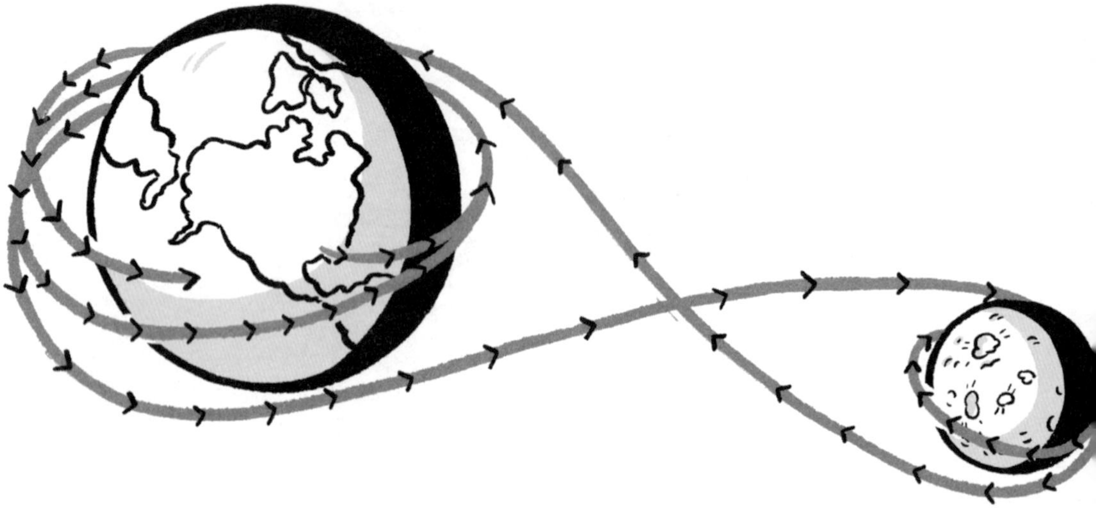

恭喜！太空總署任命你為本次任務的指揮官！

在這場往返月球的 6 天旅程上，你將負責在阿波羅太空船上發號施令，這趟旅程危機四伏且充滿挑戰，還好你一直在接受訓練。事實上，在 1960 年代初期，你曾駕駛過超音速噴射機，就像隔壁頁面的那種機型。

將右頁沿著虛線撕開，釋放那架噴射機，按步驟摺成這樣的形狀：→

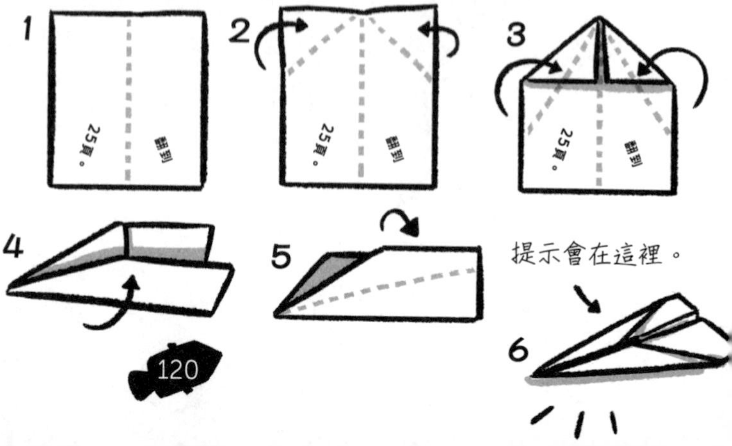
1
2
3
4
5
6
25頁。
翻到
提示會在這裡。

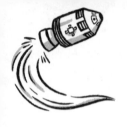

翻到 25頁。

完成以後，機翼頂端的文字
會告訴你接下來該做什麼。

如果你需要
幫忙，翻到
第184頁。

1961年，美國總統甘迺迪提出挑戰，希望在60年代結束前將人送到月球上。你在黑白電視上看著他演說，心裡暗想：「由我來吧，總統先生！」

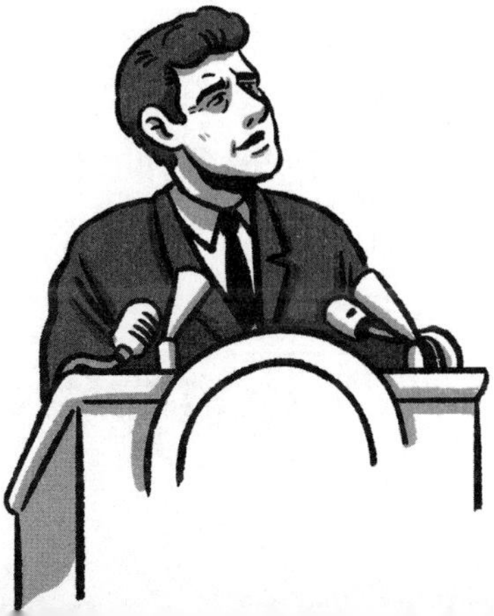

第1

快

「我們馬上回地球！」你宣布。夥伴們還在震驚當中，你就已經將太空船掉頭，燒著寶貴的燃料，朝反方向前進。

兩小時後，低燃料警示大響。你們只剩二十分鐘的動力，卻還有兩天航程才能到地球。

故事完結

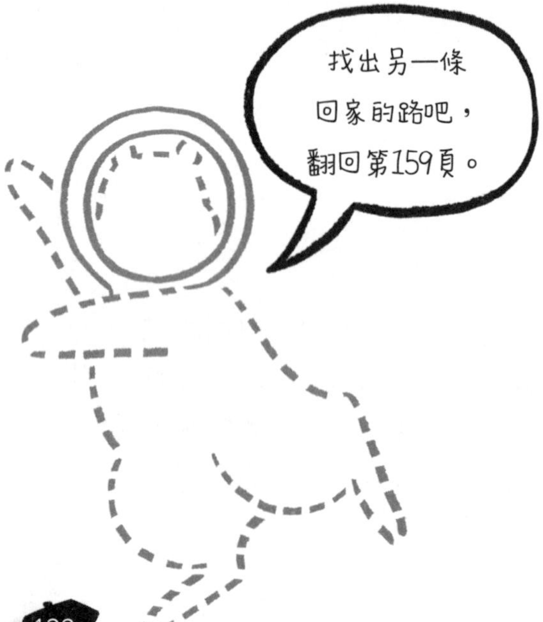
找出另一條
回家的路吧，
翻回第159頁。

人們從遠方就能看到並感覺到火箭引擎啟動，但「遠方」就是你所在的地方——距離發射地點有好幾公里。你忘了把自己放進火箭裡，任務失敗！

故事完結

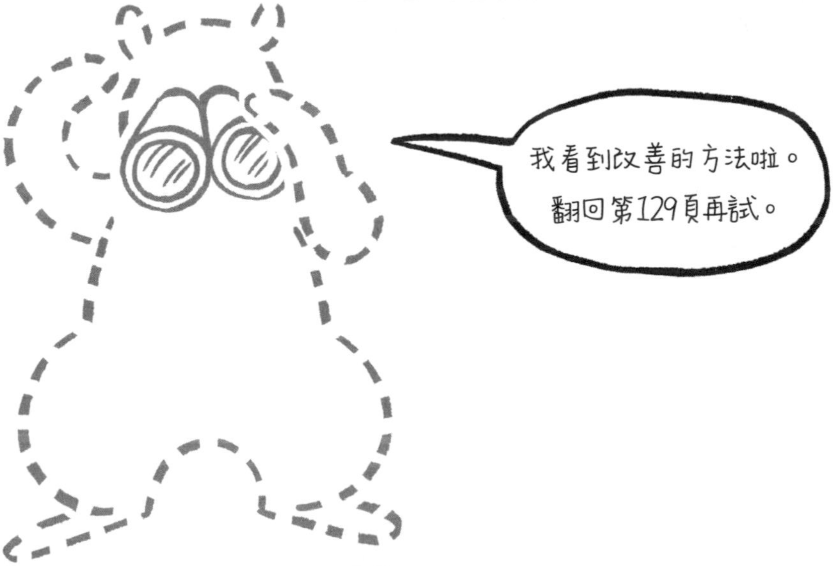
我看到改善的方法啦。
翻回第129頁再試。

很好！指揮艙裡的空間很侷促。沒有容納廁所的地方。所以當你必須小便時，就要用一條特別的管子，通向火箭外頭。沒錯，基本上你會對著太空尿尿。

如果你必須上大號，就要使用塑膠袋。上完以後一定要把特殊的殺菌劑加進袋子裡，免得裡面的細菌滋長，最後爆開來！如果發生那種事，原本裝在袋子裡的東西就會在太空艙裡飄來飄去——

嗯，我沒辦法說下去，太可怕了。想像你在池子裡游泳，然後有人把一袋爆米花丟進水裡。在這裡畫出那個情景。這就有點像是排泄物袋爆開後，太空艙慘兮兮的樣子。畫完就翻到第146頁……動作快！我不忍心看！

爆米花

在你駕駛飛機、投入預備工作那麼久之後，終於到了 1960 年代末的這一天。今天是發射起飛日，你就要前往月球了！

天都還沒亮，你就起床準備了。技術人員正在幫你和另外兩位太空人，佛列德．海斯以及傑克．史威格，在登船前穿上太空裝。

好消息！你重達82公斤的太空裝和背包，到了月球表面感覺只有不到15公斤——因為月亮上的重力低多啦。

現在我有**壞消息**。
等等，別慌啊，我要是把你嚇壞會很麻煩的！
想知道多麻煩，請照指示想出詞彙，填入以下空格。

（a）形容詞：____________

（b）形容詞：____________

（c）蔬菜：____________

（d）蔬菜：____________

（e）放在熱狗上的醬料：____________

完成以後，沿著虛線撕開，
然後摺起紙片！

NEWS

OK，現在你準備要聽壞消息了！是這樣的：

你的鼻子在發癢。

我是說，真的、真的**很癢**！你正悶在太空裝裡面，又戴著頭盔，你沒辦法用手指搔鼻子。你現在絕對不想做出鼻子發癢的怪臉——幾百萬人正透過電視看著你，包括你的家人和好朋友。

前往下一頁。

將剛剛寫下的字詞，照著標號填入空格。

我很高興你吃了自己最愛的________（a）早餐，
有________（b）________（c）和沾了
________（e）的________（d）。我不想嚇到你，
免得害你把食物吐在白色的壓力裝上——
這裝備要10萬美金！

翻到下一頁。

我知道該怎麼做！阿波羅17號的太空人哈里遜·施密特是解決這種問題的專家。你猜得到他是怎麼搔鼻子的嗎？把你的猜測畫在這裡，然後沿著虛線撕開，將紙片往上摺。

沿這裡向上摺

喔，鼻子好多了。現在你可以真正享受佛羅里達的美好天氣。廂型車載著你和另外兩位太空人，正從準備區前往約 13 公里外的發射點。你看到前方巨大的農神 5 號火箭，心跳不禁加快。這個三段式載具是史上最大的火箭，約 110 公尺高。裡面一定有很多空間可以供組員使用，對吧？

前往下一頁，按照角落紙片的指示行動。

你跟哈里遜想的一樣嗎？他在自己的頭盔內側黏了一片魔鬼氈，這樣就能轉過頭去，盡情搔癢。往下一頁去！

先摺起頂端
的角落！
再摺起底部
的角落！

你把自己畫在火箭上了嗎？
前往第131頁。
你沒把自己畫進圖裡？
前往第123頁。

嗚啊啊~！

將任務組員畫在這裡。然後摺起底部紙片。

你、佛列德和傑克將坐在指揮艙裡。這艙室位於農神 5 號火箭頂端，而且非常小。

外接的電梯正把你們載到最上面。你向電梯外看出去，火箭外殼上的裝飾字母因為你們快速向上的關係，似乎在閃動：

S-E-T-A-T-S-D-E-T-I-N-U

你猜得到是什麼嗎？倒著讀讀看吧！
沒錯，就是United States，
美國的英文全稱「美利堅合眾國」。

火箭裡的缸槽裝滿超低溫液態氧氣與氫氣。燃料如此冰冷，火箭外側因此凝結出層層薄冰，並像蛇蛻皮般脫落。火箭像在打嗝跟呻吟，傳出奇怪噪音。

在這裡畫一隻打嗝的怪獸。
我真的很想看看牠的長相。
完成以後，翻到下一頁。

前往下一頁。

到了頂端，你走出電梯，越過平臺走到指揮艙前。爬過敞開的艙門進入小小的隔間，你擠進中央的座位，介於佛列德和傑克之間。

鏗鏘！艙門關上，將你們鎖在裡頭。

別擔心！你們三個並不孤單。任務控制中心有99%的時間都會透過無線電跟你們保持聯繫。為了讓你們的旅程成功順利，會有數十萬人和你們協力合作。

事實上，現在你正聽到任務控制中心倒數計時的宏亮聲音：「十、九……」喔！我幾乎無法承受這種興奮感。隨著每秒過去，你越來越接近發射起飛！

「八、七……」

六……
五……
四……

不要停下來，繼續數！
沿虛線撕開，將紙片A往上摺，然後按照指示做。

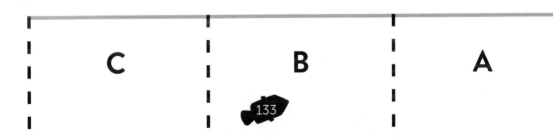

C　B　A

派對結束了，回到正事吧！很快的，太空船將狠狠撞進地球的高層大氣。不像在太空，我們的大氣層充滿「空氣」，所以感覺會有點像撞上牆壁。

指揮艙以超過 4 萬公里的時速竄過太空。這個速度快到足以在一小時內，往返臺北和洛杉磯大約兩次！換個方式說好了：高速公路上，車子通常以秒速 25 公尺前進；指揮艙則是每秒移動約 1 萬 1 千公尺，哇喔！

你必須操縱指揮艙，以正確角度撞上地球大氣層。如果角度太大，衝擊力道會讓指揮艙解體；要是角度太小，就會在大氣層頂端彈跳，像是石子在水池表面打水漂那樣——你們會完全錯過地球。

你從艙室裡沒辦法看到太空船進入大氣層的路線。相信自己的直覺吧。閉上雙眼，畫一條穿過路線的線，碰到路徑側面就要重畫喔。完成後，翻到第161頁。

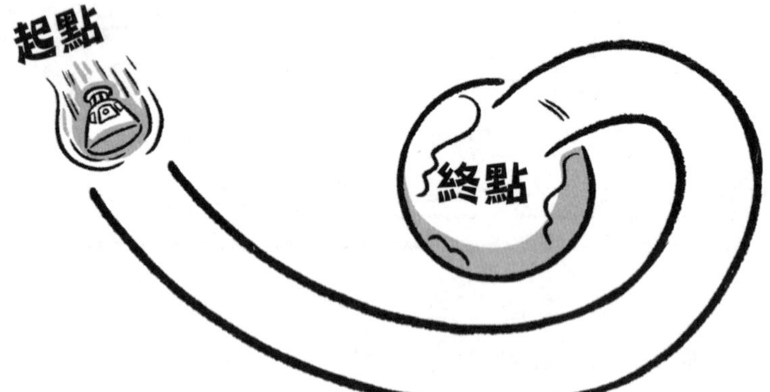
起點
終點

一……翻到第81頁。

二……將紙片C往上摺。

三……將紙片B往上摺。

在阿波羅 8 號任務中，威廉．安德斯拍了張叫做「地球初升」的快照。這張照片改變了很多人的人生。這是人們第一次從太空看地球，才發現原來它這麼小——每個人都應該合力保護這顆星球。

將你自己的「地球初升」畫在這裡。完成後，摺起角落的紙片，拿你的照片跟威廉．安德斯的版本比一比。

從這裡往上摺

你的電腦要你挑一張卡片。然後它宣布，它要先將助理鋸成兩半，再從帽子裡變出一隻兔子。

你電腦的設定顯然出了問題。它完全不在乎回到地球的事。它最大的夢想是成為魔術師！天靈靈地靈靈……任務結束了！

故事完結

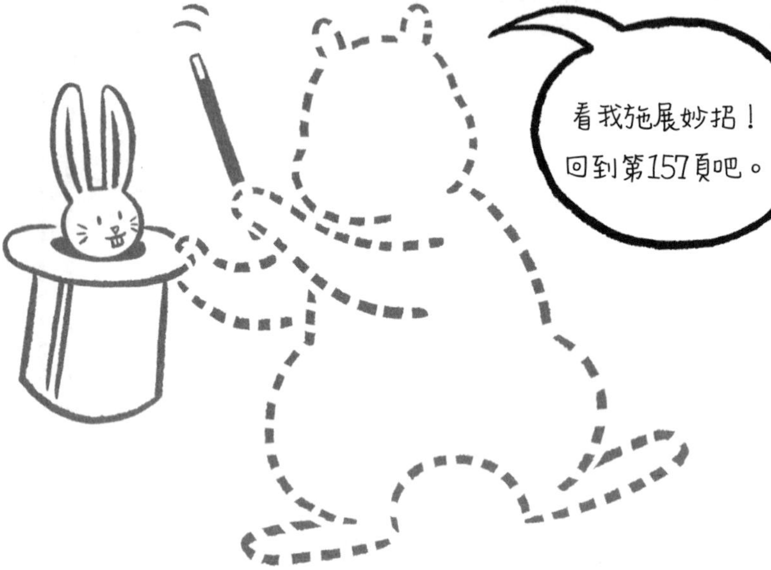
看我施展妙招！
回到第157頁吧。

前往第148頁。

太棒了！ 在艙室裡彈來彈去的空檔，你們重新調整過太空艙：服務艙現在跟指揮艙相連，指揮艙另一端則和登月艙對接。你們已經做好降落月球的準備……可是還有兩天才會到達。

「我們還有時間，」佛列德說：「我乾脆來講個我經典的敲門笑話好了。」

噢千萬不要，我聽過他的敲門笑話。難笑死了！

砰轟！ 整架太空船激烈的一晃。

「這是怎麼回事？」周圍安靜下來以後，傑克緊張的問。

你無法回答他。

可是我可以。服務艙裡發生爆炸了。（我保證不是我為了阻止佛列德說笑話才弄的。）

史威格
海斯

沿虛線撕開，將紙片往上摺，自己看看吧。

糟糕，翻到第51頁。

前往下一頁。

等等，你在哪裡？因為我在月球上看不到你，我只能假設你跌進了遙遠的噗噗索星球的火山裡。玩得愉快！

故事完結

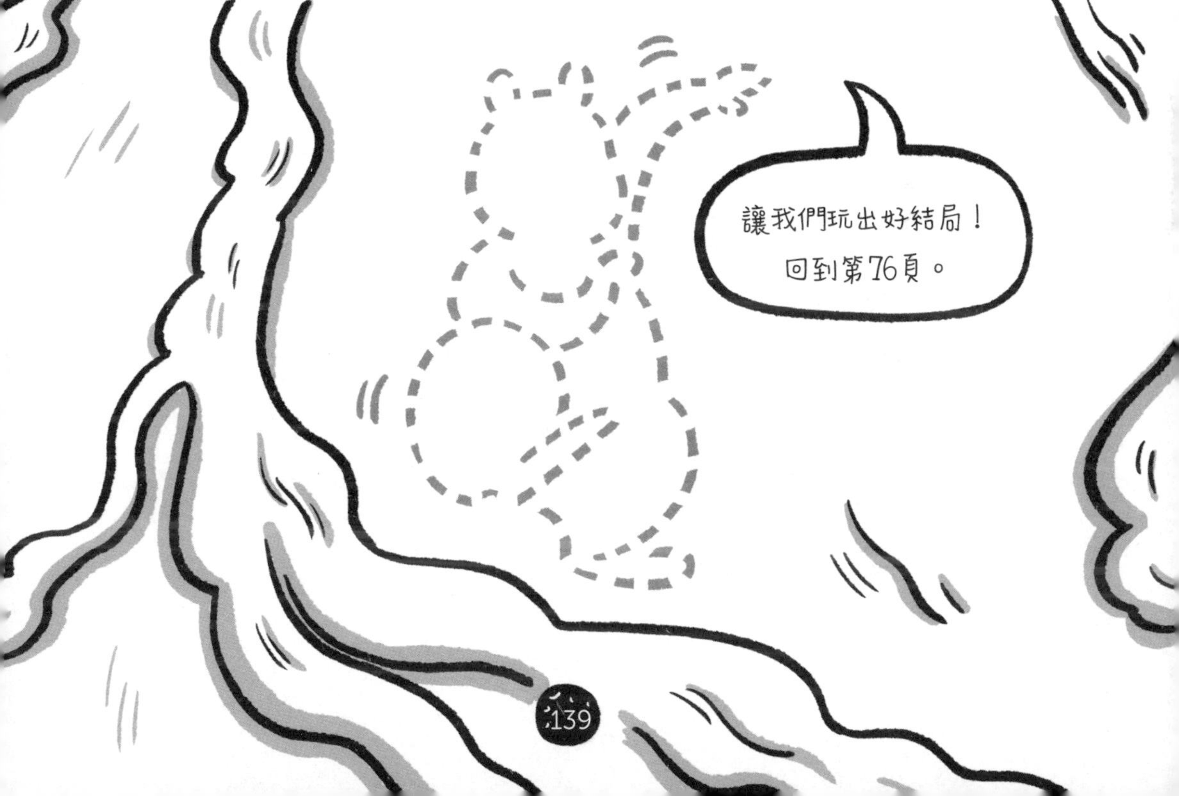
讓我們玩出好結局！
回到第76頁。

火箭的動力以及行進速度將你壓進椅子裡，並把你的臉頰往後推。

火箭的第一節燃料耗盡，並脫離開來。這節用完的燃料槽會摔進下方的海洋。等第二節燃料用完以後，也會脫離拋棄。

歡迎來到地球軌道！你們在這裡的時間只夠喘口氣、脫掉頭盔。

「各位，我們真的要到月球去了！」你宣布，跟你的夥伴擊掌。

有大半的旅程，指揮艙（CM）和服務艙（SM）會結合成單一機組前進，合稱為「指揮服務艙」（CSM）。

前往下一頁。

既然接下來六天你都會在這裡生活，
畫出你需要的所有東西吧。
想想你在家裡，一天當中會進去走動的每個房間。
（我的意思是**各種類型的房間**！）

完成後，把紙片摺起來。

你的太空艙裡有馬桶！ 真是好消息，你一邊這麼想，一邊使用這個美妙的設備。但……真的是好消息嗎？沒有重力，液體和固體都沒辦法留在馬桶裡，而是會在空中飄來飄去。

無線電喀啦響起：「這裡是控制中心。我們偵測到太空船上有大型突發狀況。你們有沒有看到警示燈？」

就在那時，警報聲響起，你眼前的儀表板上有燈在閃動。糟糕。

佛列德和傑克緊張的交換眼神。但畢竟你是老大，你試著保持鎮定。「傑克，你看得出是怎麼回事嗎？」查完警示代號後，傑克說：「不知道為什麼，有個儀表板後面的主要系統失靈了。你打算要怎麼做，指揮官？」

前往下一頁。

你是否畫了馬桶？
畫了！——翻到下一頁。
沒畫——翻到第124頁。

我根本懶得給你選擇。
快！快查出發生什麼事了。
畫一把可以轉動這個螺絲的螺絲起子。
現在沿著虛線撕開，往回摺起紙片，
以便打開儀表板，往第145頁看看裡面的狀況。

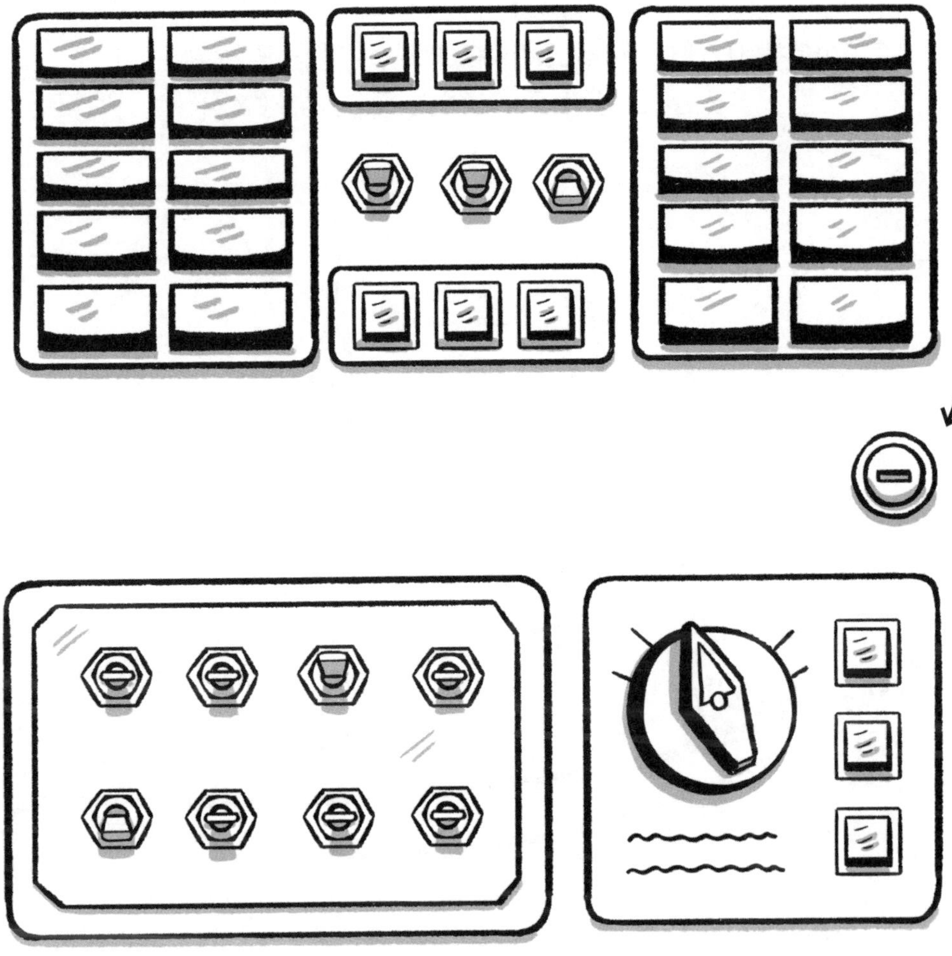

太好了！你已經準備好了，接下來就能暫時關掉指揮服務艙的動力，登上登月艙。裡面將會**非常擠**。還好你們三個人是好朋友！

我不知道你覺得怎樣，可是緊張了這麼久後讓我有點想睡。登月艙通常只由兩個太空人使用，他們需要補眠時會掛起吊床，一個在上，一個在下。

你要在哪裡掛第三張吊床，好讓自己也瞇一下？
在這裡畫出來，然後前往第158頁。

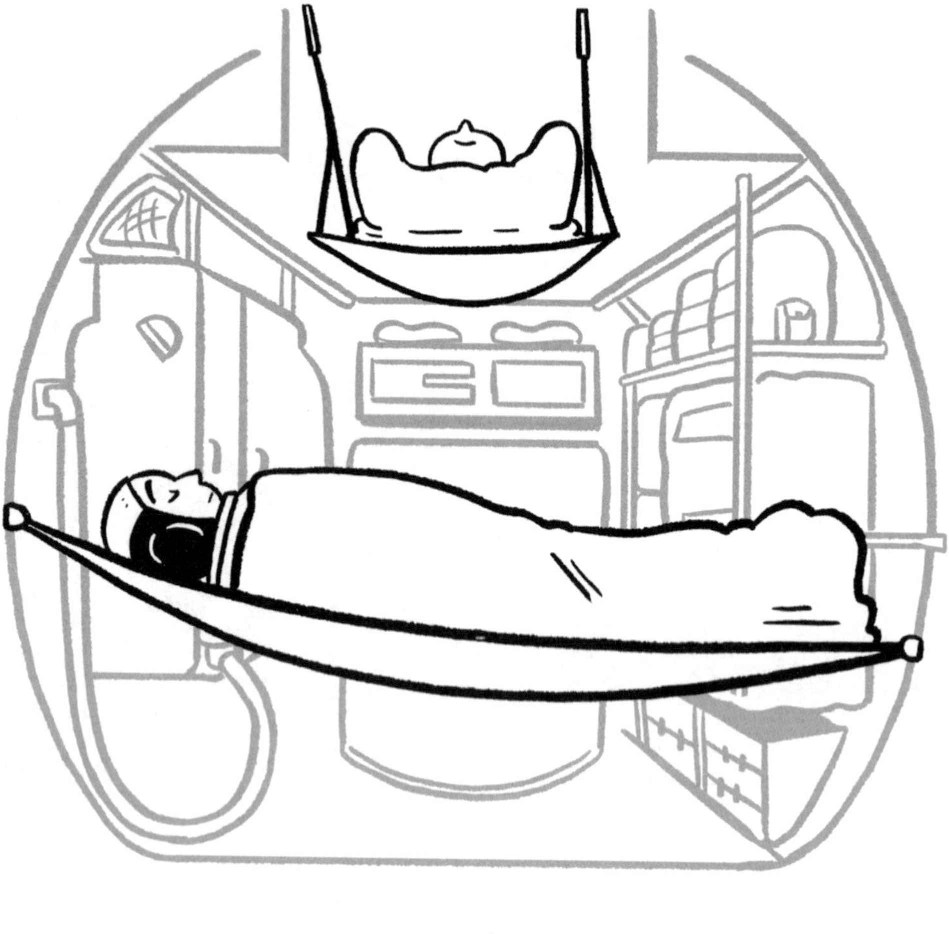

177

是一滴滴黃色的液體，對吧？ 1963 年水星計畫的航程上，也發生了類似的狀況。

那麼，那些液體會是從哪裡來的呢？不要回答！太噁心了！我要停止這場任務！

故事完結

重新「上一次」廁所吧，翻回第 141 頁。

現在，既然你上完廁所變輕了點，你可以享受一下輕盈的感覺！你正在體驗太空中將近零的重力。這個小小艙室裡沒有多少空間，但你們依然可以玩玩飄浮，並從牆上反彈。

狀況即將變得非常棘手，所以你最好趁現在先放鬆！

完成每個太空人的彈跳路線，
將三組標號分別按照數字或英文字母順序連起來。
將你畫出的三個數字，由左到右填進空格裡。

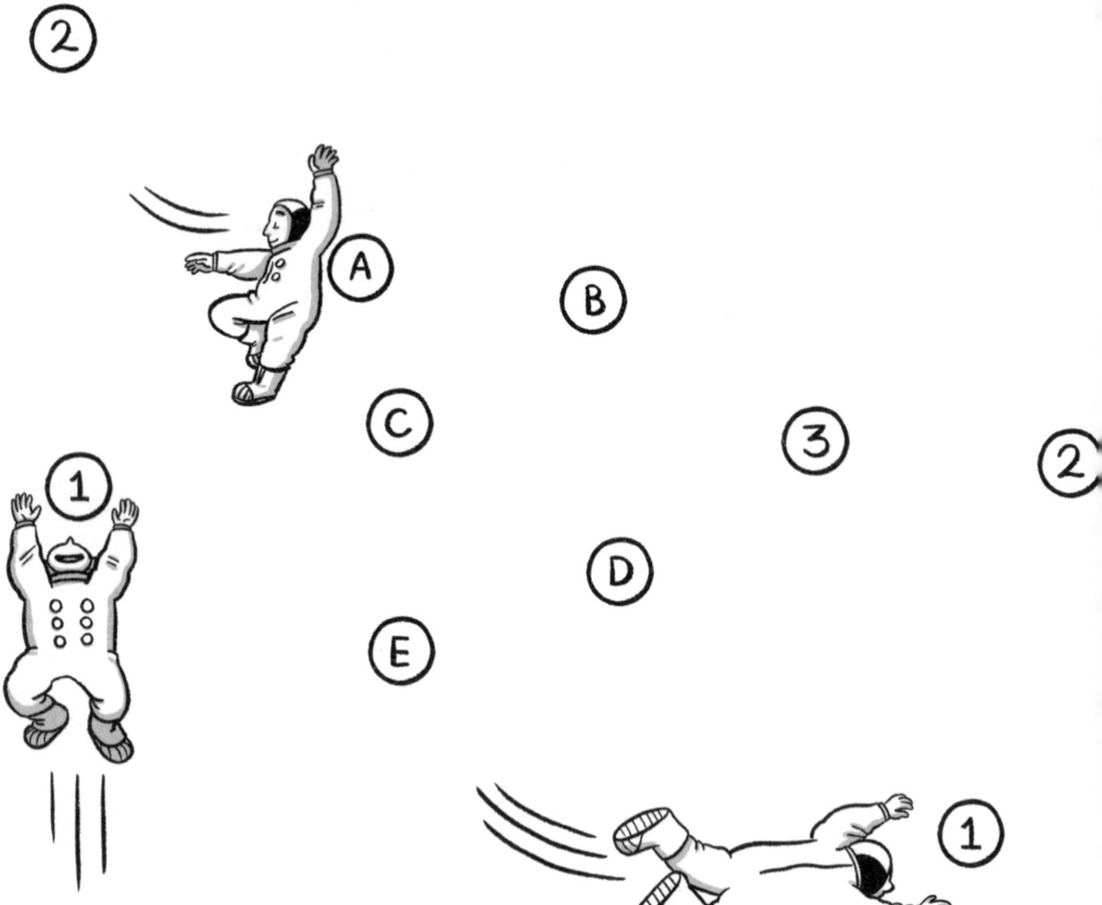
2
A
B
C
3
2
1
D
E
1

需要幫忙嗎？
飄往第184頁。

翻到第______頁。

所以你認為 1202 是個嚇人的數字？ 你知道什麼可能更糟糕嗎？ 有沒有聽過圓周率？ 沒完沒了的數字啊 …… 就像太早放棄任務， 會讓你後悔個沒完！

故事完結

我們來面對
1202 的挑戰吧！
回到第55頁。

這時候，無線電劈啪響起，靜電聲聽起來從沒這麼悅耳過。

「阿波羅，呃……這裡是休士頓，」任務控制中心有點猶豫的說，「歡迎恢復通訊……」太空船明明已經脫離月球的陰影，控制中心的語氣為什麼這麼緊張？「我們又收到你們太空船的警示了，」控制中心解釋：「船艙裡的二氧化碳已爬升到危險程度。」

糟糕！你知道你每次呼吸，就會釋放出叫做二氧化碳的氣體嗎？少量還沒關係，但過量的話會致命。奇怪，太空船上的過濾器應該能移除二氧化碳才對。原來登月艙的空氣過濾器，當初是設計給兩個人用的，而不是三個人，現在過濾器都用完了！

再過不久，你們三人會開始暈眩，三小時後就會……嗯，這樣說好了，我的朋友阿米卡斯會去拜訪一趟。

前往下一頁。

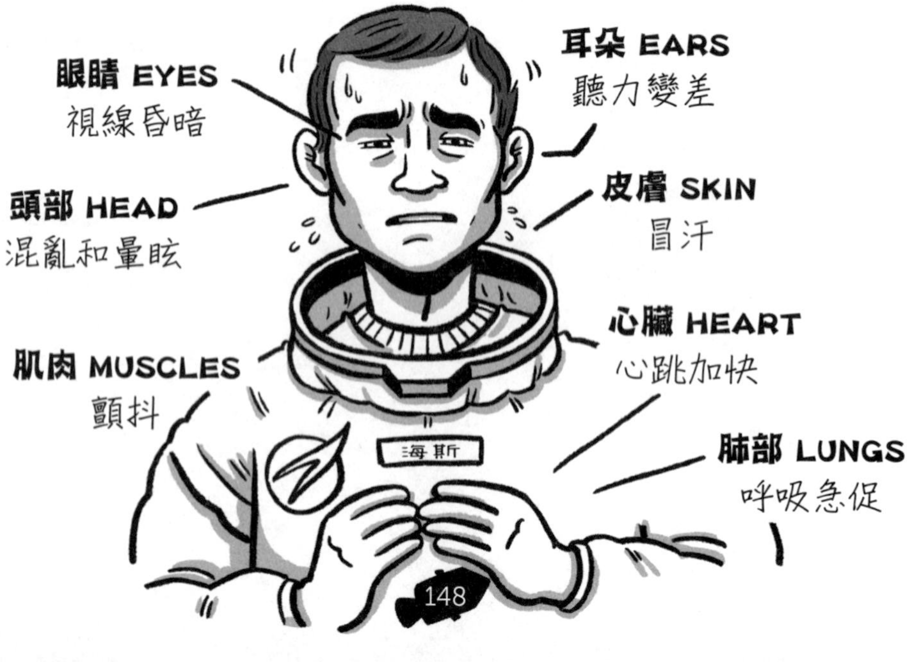
眼睛 EYES
視線昏暗
耳朵 EARS
聽力變差
頭部 HEAD
混亂和暈眩
皮膚 SKIN
冒汗
心臟 HEART
心跳加快
肌肉 MUSCLES
顫抖
海斯
肺部 LUNGS
呼吸急促

T	S	U	R	H	D	M
S	N	E	E	T	A	U
O	K	A	Y	T	E	S
H	R	I	E	E	H	C
T	S	G	N	U	L	L
E	A	R	S	N	E	E
X	T	P	A	G	E	S

噢！我真不想告訴你，你再不久就會出現的症狀！
在這個字謎陣裡，圈出第148頁中，
圍繞太空人的那**七個粗體詞的英文**。
將剩下的字按照順序寫在這些空白裡，
就會拼出下一步行動！

_ _ _ _ _   _ _   _ _ _ _   _ _ _ _ _   _ _ _ _ _

需要幫忙嗎？
翻到第185頁。

「控制中心，我想到了！」你說：「我們這裡有沒有東西可以用來自製過濾器？」

「有！」控制中心回答：「我們正有同樣的想法！工作團隊檢視了太空船上的 445 件設備，想到一個自製方法。你們必須找出五樣東西，動作快！」

第151頁上有任務控制中心要你找出來的五樣物品名稱。你必須在下方圖片裡找到每一樣，然後畫在名稱旁邊。一把剪刀三兩下就能找到，我已經替你圈出來畫好了。不過剩下的找起來就不容易了。

阿波羅13號的組員當初都能找出這些物品！你能嗎？
如果你需要提示，將各物品名稱旁的紙片撕開摺過來。
等你找到並畫出所有物品後，
將頂端紙片沿虛線撕開、往下摺。

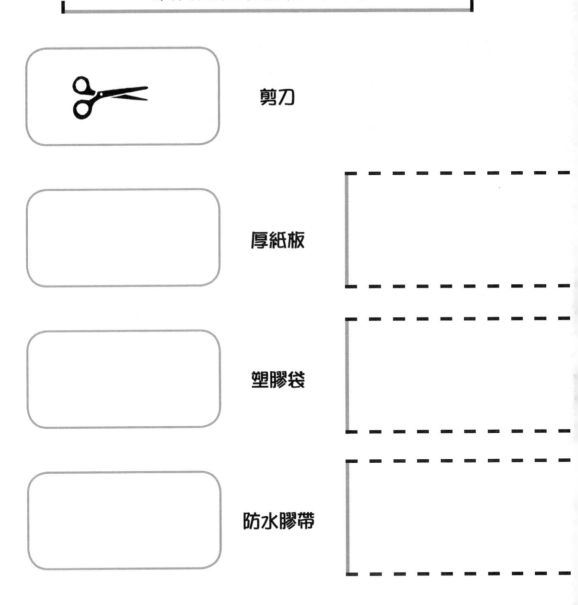

剪刀

厚紙板

塑膠袋

防水膠帶

多出來的
長管

翻到第168頁。

哎呀！我現在只想到兩件事要說。一、你沒把降落傘展開。二……**砰轟**！

故事完結

我知道有第三件事
可說：回到第161頁，
再試一次！

用封面來判斷書本價值的時候到了！月球登陸手冊的封面就是厚紙板。

你到月球上要穿的長內衣褲，就裝在塑膠袋裡。

每次任務都會準備防水膠帶。快到打開的櫃子裡面找一找。

看到那件太空裝了嗎？上頭的管子目前閒置沒用。

這個加油站真是太棒了！ 遺憾的是， 至少還要等數十年， 才有能力打造這樣的維修站。 而你們肯定沒辦法等那麼久。 你最好跟任務控制中心合力處理問題。

「 服務艙的一個氧氣缸爆炸了，」任務控制中心說：「你們的氧氣還夠， 可以用到回地球， 前提是你們一定要省著用。 要不然 ……」

天啊，我從來就不擅長憋氣。
你接下來要怎麼做？

到外頭去處理那個問題？
翻到第33頁。

退到登月艙去？
前往第156頁。

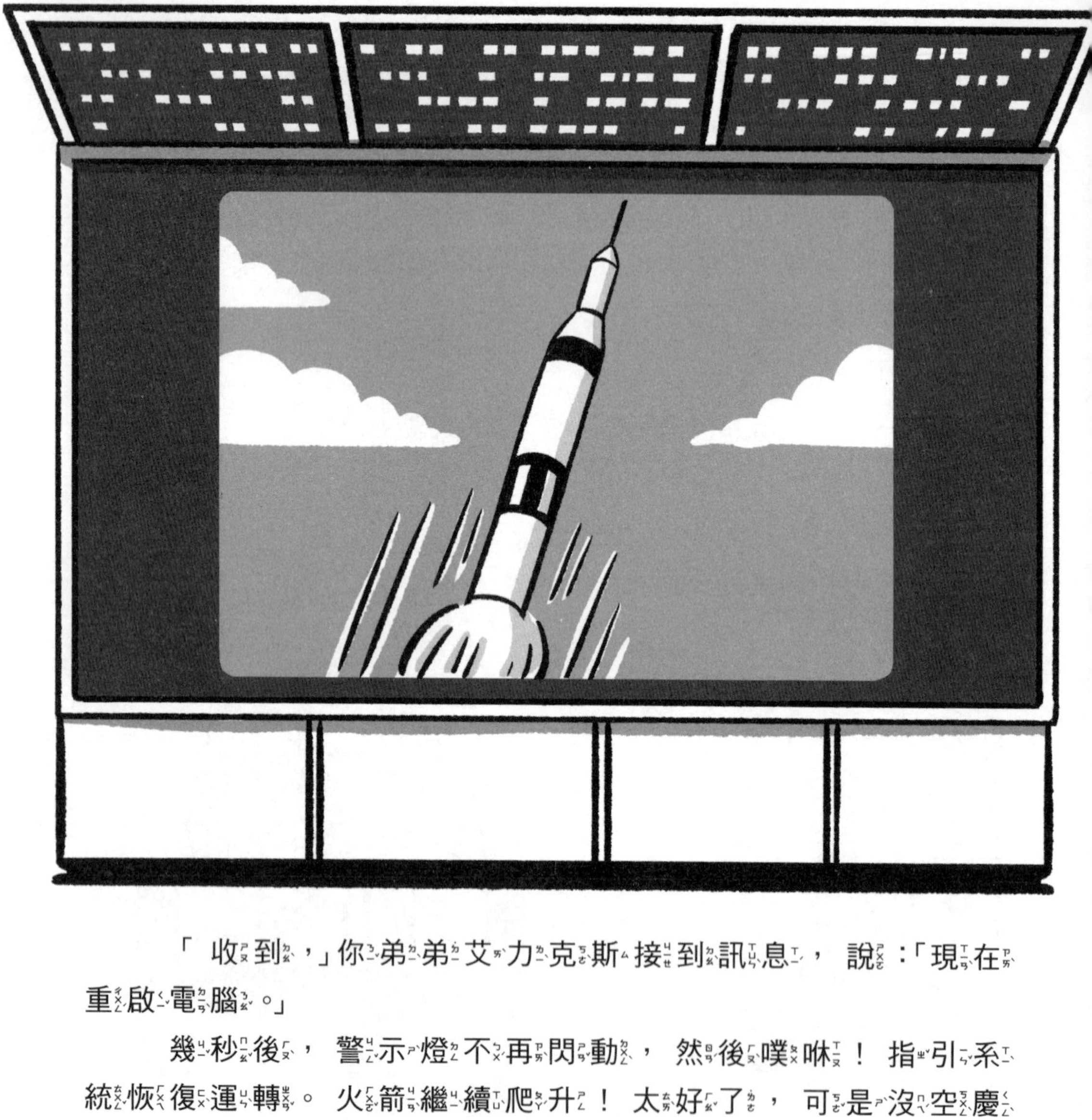

「收到，」你弟弟艾力克斯接到訊息，說：「現在重啟電腦。」

幾秒後，警示燈不再閃動，然後噗咻！指引系統恢復運轉。火箭繼續爬升！太好了，可是沒空慶祝。距離月球還有30萬多公里的距離呢。

我不是在誇張，接下來的旅程計畫有點令人費解。我們得確定，你很清楚這趟旅程的各個階段要怎麼銜接。

祝好運！翻到第34頁！

你真的很孩子氣耶。一個指揮官竟然會想出那樣的活動，我好震驚！

好啦，可能跟我有點關係。

你們很快就會從月球後面出來，到時候，你會想要捕捉這個景致。快！拿起相機！

哎呀，看來艙內配置的相機已經被佛列德拿去用了。好險 NASA 讓每個太空人在出任務時，可以隨身帶著一只束口小布袋，裝個人的小紀念物，像是家庭照或護身符。來看看你是否在個人喜好袋裡裝了相機吧。

179

你在個人喜好袋裡放了哪兩樣東西？
在這裡畫出來，然後摺起紙片。

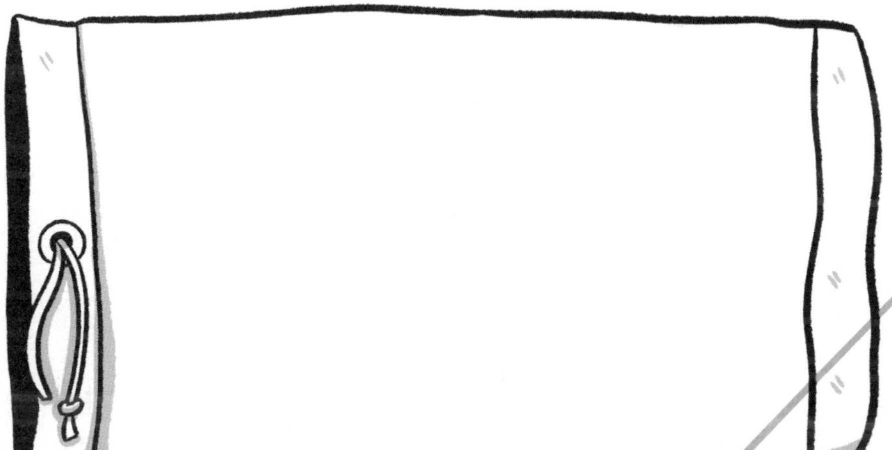

從這裡往上摺

沒錯！航海用的船隻都有配備供乘客使用的救生船。太空船也應該有對吧？

本來登月艙是等你們到達月球時要用的，但你現在可以將它當成救生船來使用！而且登月艙比較小，如果你們三個用它來航行，還可以省下動力和氧氣。阿波羅13號的組員就是這麼做的！

不過，你移動前必須從指揮艙的電腦完全關閉指揮艙，這樣才能保留它的動力，晚點再用。

現在，你口袋裡的手機可能比阿波羅任務的電腦還要強大幾百萬倍。

你關閉電腦時，它幾乎會忘光資料。所以你必須先利用指揮艙電腦裡的所有資訊，來設定登月艙的電腦。

你擅長程式編碼嗎？證明給我看！

1. 在這裡畫一具太空機器人。

2. 照著編碼代號的指示移動它的位置。

3. 你最後降落在哪個數字上？

把它填進空格。

前往第________頁。

編碼代號

□ □ ◎ ◗

代號意義

□ = 往上1格

◗ = 往下2格

◈ = 往左2格

◎ = 往右2格

你畫了一臺相機嗎？沒有？回去把相機加進你的個人喜好袋裡。有？到第135頁去。

136	144	136
144	136	144
136	144	136
	136	144

起點

既然你睡過一覺了，我想你準備好要聽任務控制中心的訊息了。

「你們的太空船損壞得太嚴重，沒辦法在月球上著陸，」任務控制中心告訴你：「地球這邊都覺得很遺憾，你們這趟旅程沒辦法到月球上漫步了。」

唉！你需要消化一下這個消息。經過了那麼多訓練，做了那麼多準備，實在很難接受無法登陸月球的事實——但你還是必須想辦法回家！

在你繼續行動以前，最好先處理這些感受。

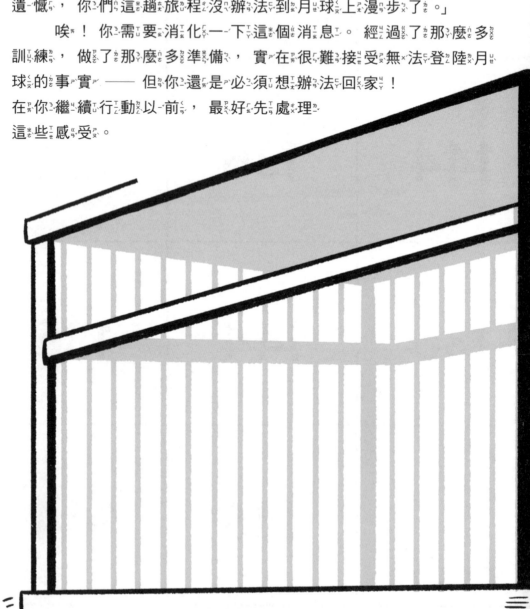

在這裡畫出情緒很糟的怪獸，把牠鎖在這個籠子裡，
這樣就不用面對自己的失望。
完成後，沿虛線撕開，摺起紙片並按照指示行動。

禁止
餵食！

天啊，我們似乎在直直往下墜！

故事完結

重新調整方向，
回到第169頁。

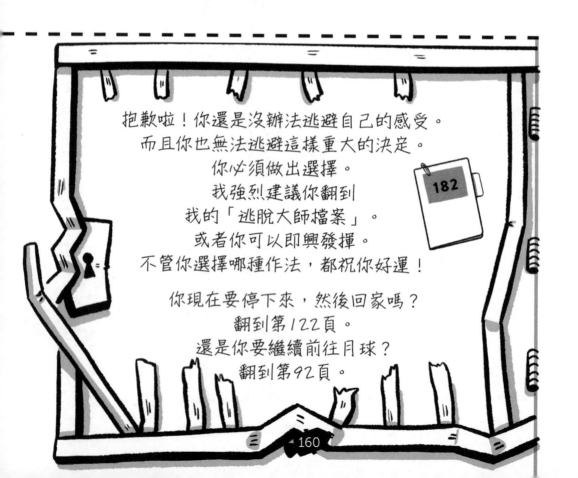

抱歉啦！你還是沒辦法逃避自己的感受。
而且你也無法逃避這樣重大的決定。
你必須做出選擇。
我強烈建議你翻到
我的「逃脫大師檔案」。
或者你可以即興發揮。
不管你選擇哪種作法，都祝你好運！

182

你現在要停下來，然後回家嗎？
翻到第122頁。
還是你要繼續前往月球？
翻到第92頁。

指揮艙擦上了地球的大氣層， 產生大量熱能。你趕緊將太空船轉向， 好讓隔熱遮罩去承受摩擦。 你們距離地球表面 120 公里， 前進速度如此之快， 艙體外側爆出了火焰。

你們就像流星墜落！

大氣層減慢你的速度， 但你們依然以約 480 公里的時速往前進。 如果你們以這個速度撞上大海， 重達約 5700 公斤的艙體就會砸成碎片。

178

解開降落傘的時候到了！糟糕，都纏在一起了！
找出正確通往降落傘的線，然後按指示做。

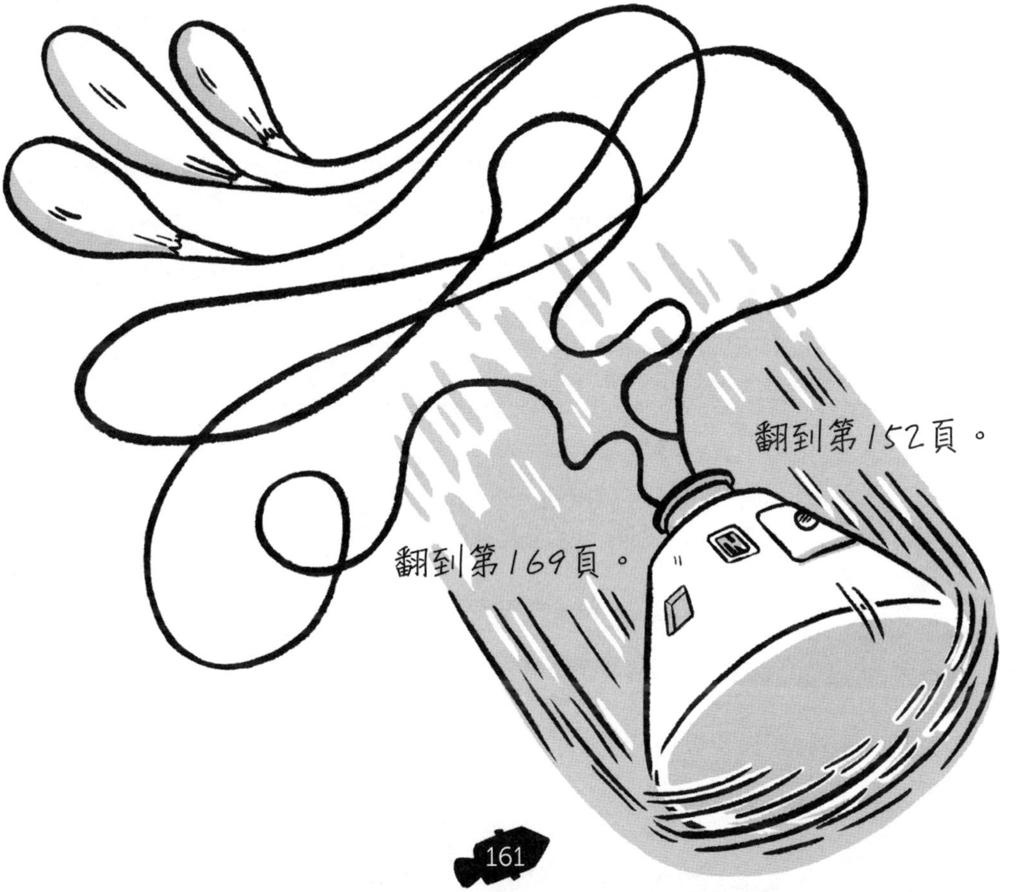
翻到第152頁。
翻到第169頁。

你挑了個著陸地點，登月艙持續以電梯的速度下降。你們應該很接近月球表面了，但是你無法確定。火箭噴出的火焰掃起月塵，害你看不清楚。

「你只剩10秒鐘的燃料。」控制中心透過無線電說，「如果你不快點著陸，就必須放棄著陸。」

這就是阿波羅11號任務期間，任務控制中心告訴尼爾·阿姆斯壯和巴茲·艾德林的話！

時間快不夠了。你的目光移向控制儀表板，那裡有藍燈正在閃動。艾倫也看到燈了，他瞪大眼睛轉向你。

噢！我太焦慮了，不敢看他！
在第163頁上畫出艾倫的嘴巴、鼻子和眉毛。

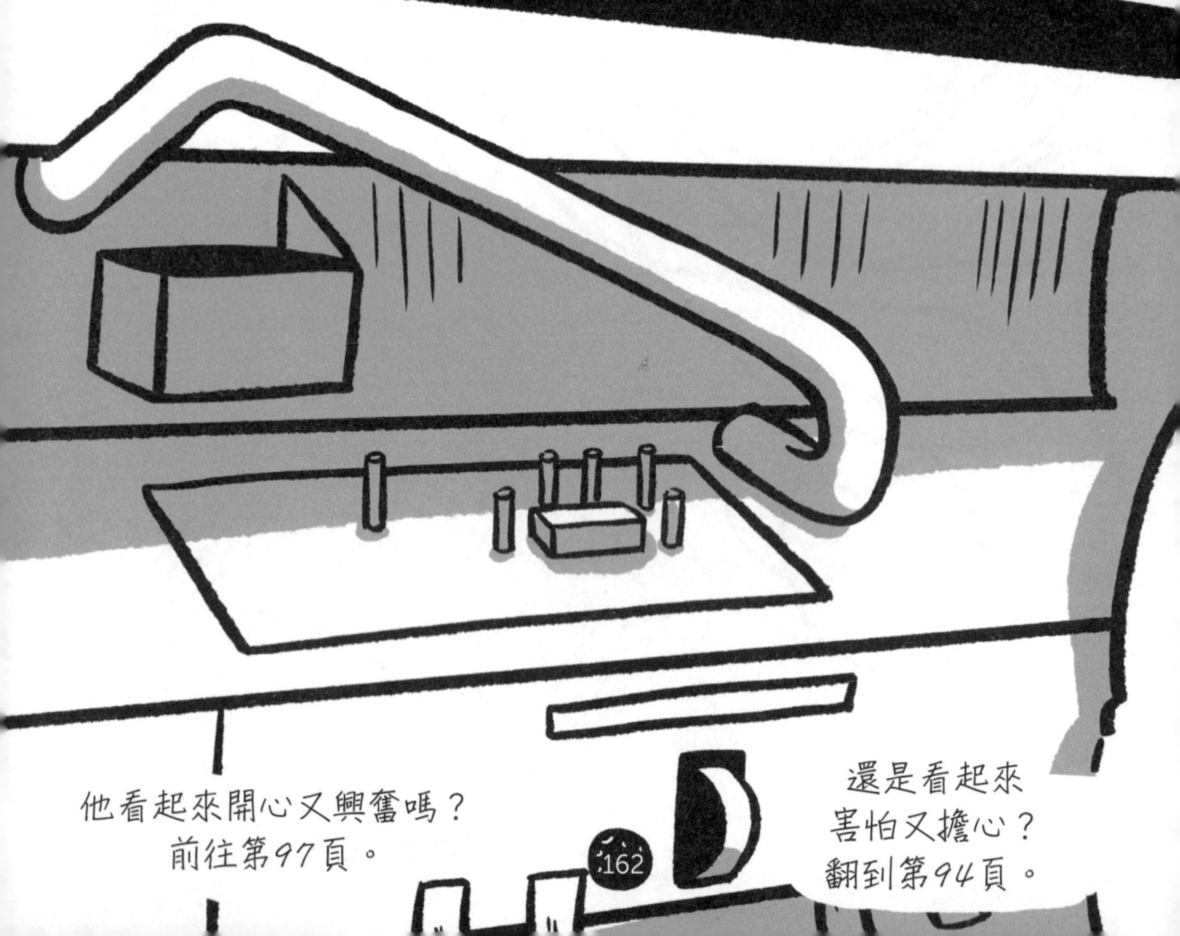

他看起來開心又興奮嗎？
前往第97頁。

還是看起來
害怕又擔心？
翻到第94頁。

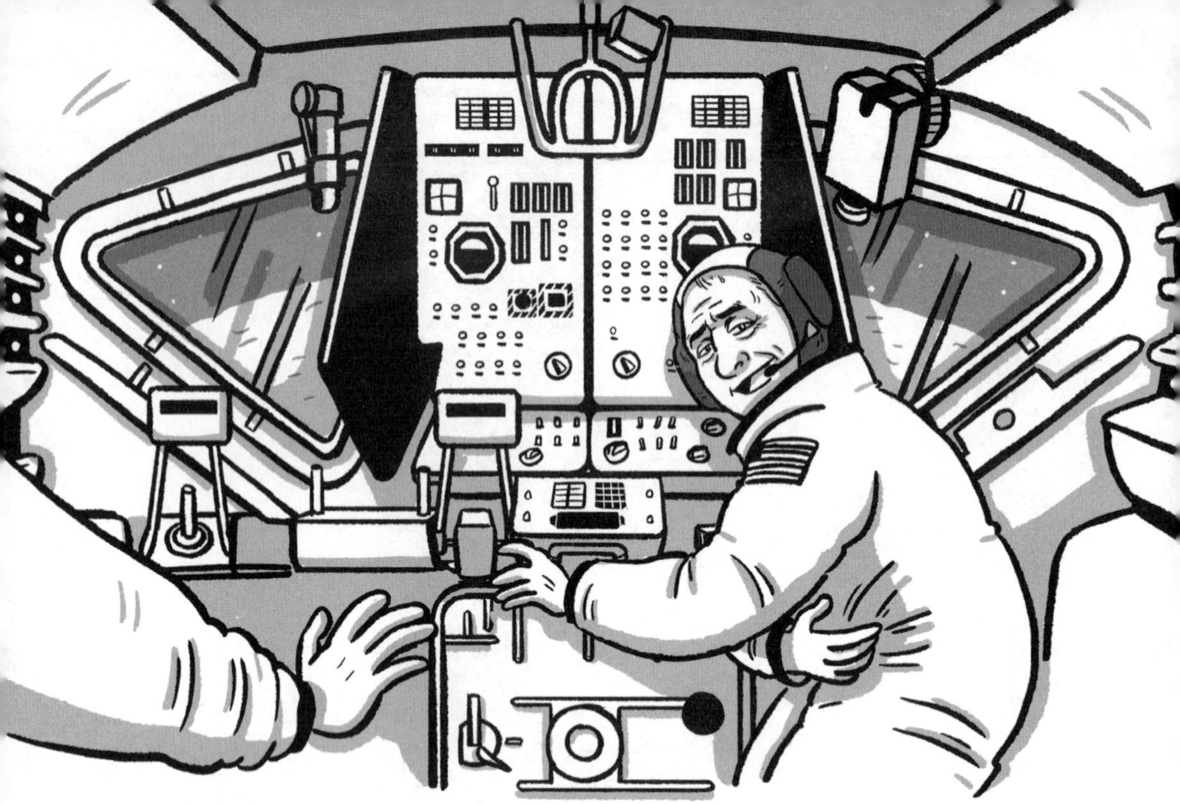

很好！你迅速回到登月艙。你從月球車跳下，衝進艙內，迅速移除背包、手套和頭盔。可憐的艾倫彎著身體，虛弱不已。

「我們馬上離開，帶你回去拿指揮服務艙的藥物。」你告訴他：「不用擔心！」

「有什麼好擔心的？」艾倫無力的小聲說笑。

就在那時，控制中心呼喚你的名字。「我們偵測到啟動引擎的開關有問題，那會讓你沒辦法正常發動引擎，怎麼回事？」

呃，超級壞消息。你忙來忙去時，太空裝的背包撞上控制儀表板，有東西跟著弄斷了。

那就是引擎的開關。

如果你沒辦法點燃引擎，你跟艾倫永遠無法離開月球。「你不是說不用擔心嗎？」艾倫問，這一次態度嚴肅了點。

翻到第117頁。

啊，就像你畫的電影場景。沒人想要這樣！
太空船環繞月球時，四周安靜得不得了，
感覺像身在枕頭堆成的圖書館。

你的夥伴們也感覺到了。這份寂靜讓壓力變得更大。最後傑克提議，「我們不如關心食物吧！」

好主意！不管狀況再多，你們依然需要進食。你打開櫃子，拉出一袋含蔬菜的牛肉。為了避免細菌破壞，食物封進塑膠袋以前，都先經過冷凍乾燥處理。

任務控制中心希望太空人一天要攝取2800大卡的熱量。

用魔鬼氈將袋子固定在太空裝上，這樣袋子就不會因為低重力飄走。現在，從牆壁拿起水槍，然後塞進袋子管嘴加水。接著透過扁管，將食物擠進自己的嘴裡。

好難吃！太空船裡面有沒有披薩店？還是可不可以叫外送？

液體讓袋子裡的食物變得濃稠。嗯，猜猜這團黏糊很適合做什麼？

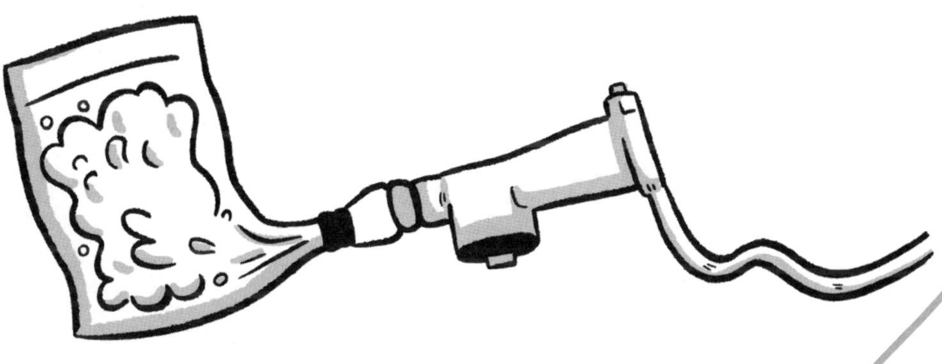

我要送你四個字。
摺起紙片，然後前往下一頁。

從這裡往上摺

太空食物終極大對決！

玩法如下：每一輪都要拋銅板來決定。如果拋出圖案，就由傑克或佛列德上場，由你來選，讓他們其中一人用起司或鮪魚來噴你。你每次被噴，就把頭頂上的一個泡泡塗上顏色，等於泡泡爆開！

如果拋出數字，就輪到你！將你的蔬菜牛肉噴向傑克或佛列德。只要噴到他們其中一人，就在夥伴頭頂上的一個泡泡塗色。

只要有人頭上的三個泡泡全都塗色，遊戲就結束了。如果你的泡泡最早爆光，那就再試一次！

當你成功爆光傑克或佛列德的泡泡，
就前往第155頁。

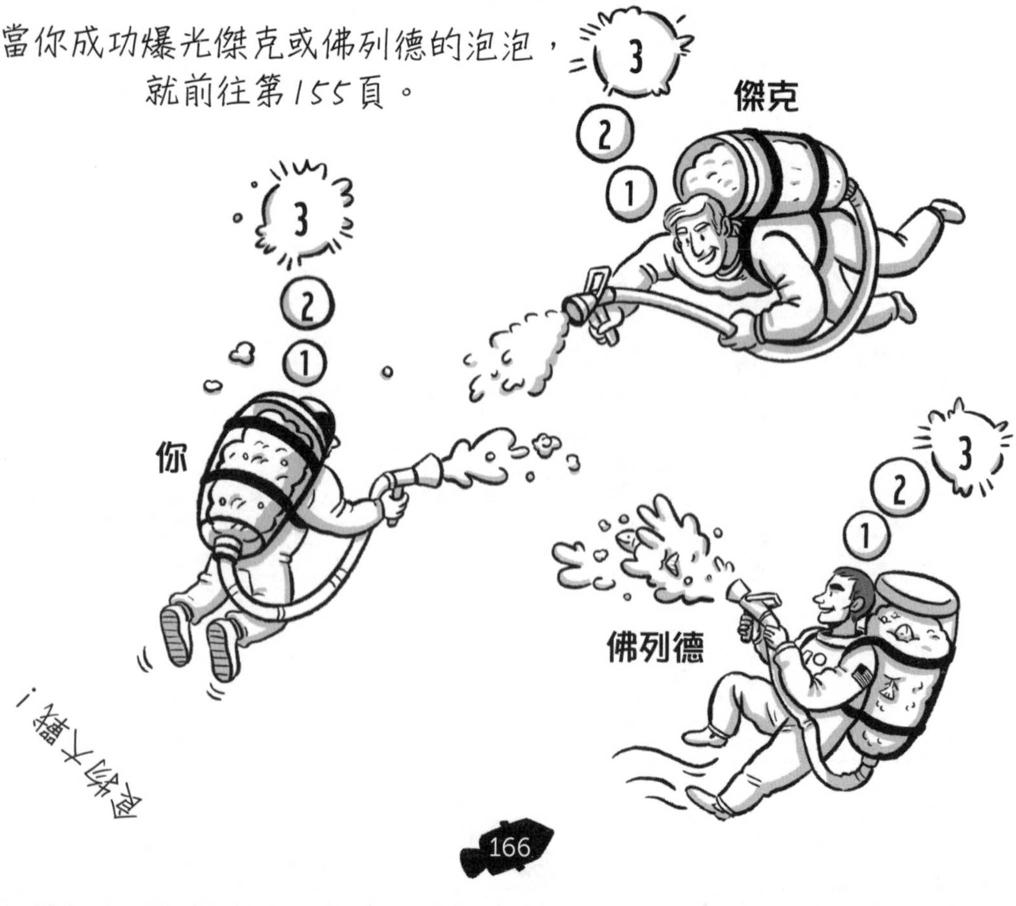
傑克
3
2
1
你
3
2
1
佛列德
3
2
1
食物大戰！

棒極了！裝好過濾器後，我呼吸起來也比較輕鬆了。 我說真的。

你們忙著組裝時，太空船一直在奔馳。你們決定拋棄毀損的服務艙，確保飛行更順利。現在，終於距離地球剩約70分鐘，好近！

你打算盡量省下指揮艙的動力，所以在登月艙裡待到最後一秒。「不能再等了。」你對夥伴說，然後帶路回到指揮艙。傑克一關上指揮艙連向登月艙的艙門後，你就將登月艙分離開來。

登月艙飄走了。它會穿過地球的大氣層，並且在那裡燒毀。

來辦一個道別派對吧。

在這裡替登月艙畫出派對場景，然後翻到第134頁。

太好了！你們照著透過無線電傳來的指示，花了大約一小時將所有東西拼湊起來。

厚紙板封面和塑膠組合在一起，撐出一個盒子形狀，長管則接在盒子上。你用剪刀剪下防水膠帶一一黏貼，確保這個臨時過濾器不會滲漏。

如果你卡住了，翻到第185頁。

希望你的過濾器和阿波羅13號中的那個很像。
將這些拼圖按標號拼起來，看看長什麼樣子。
完成後，按照上面的指示行動！

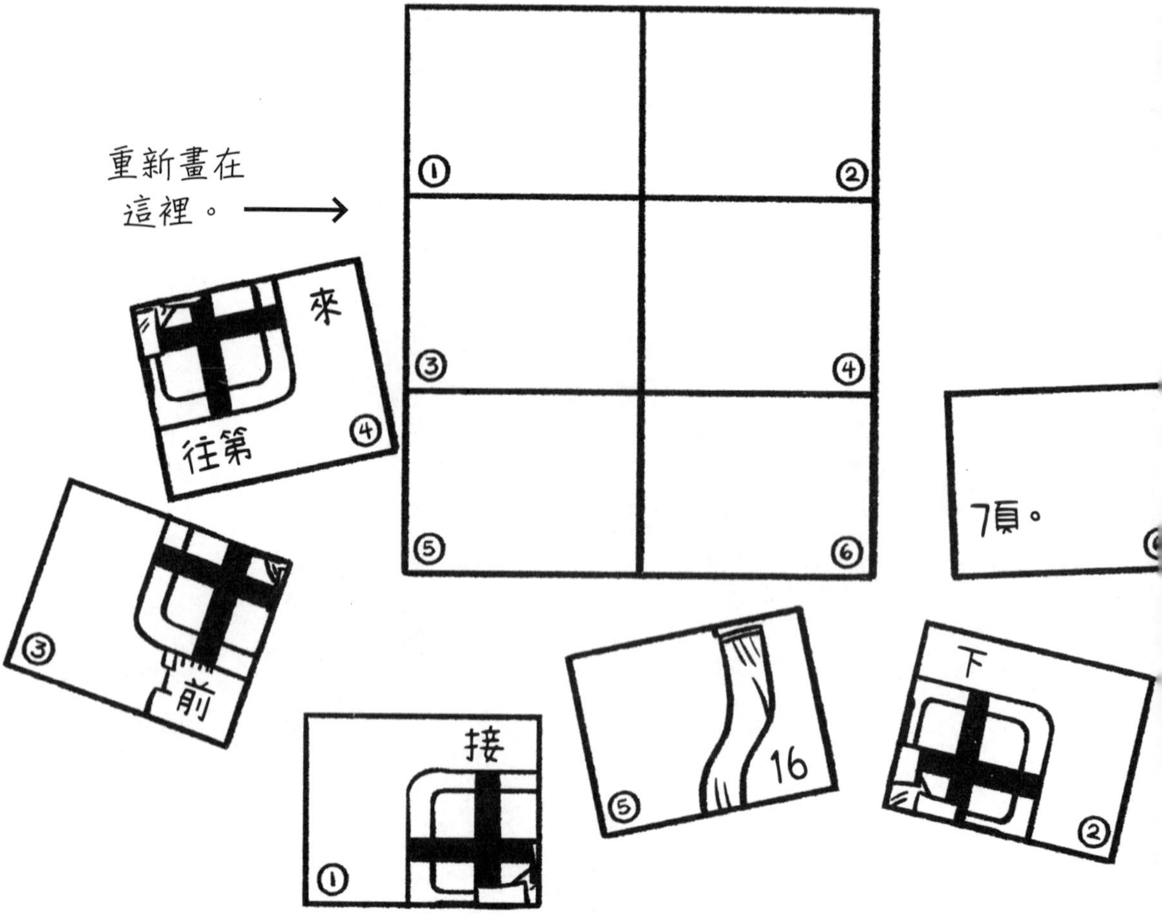
重新畫在這裡。
①
②
③
④
⑤
⑥
來
往第
④
③
前
7頁。
接
①
16
⑤
下
②

很好！船艙速度降到時速 30 公里，輕柔的嘩啦啦掉進南太平洋。

漫長旅程過後，泡澡休息最棒！

你們之前花了六天時間，在非常危險的太空之旅中，橫越長達約 100 萬公里的距離，但探險還沒結束。你們依然必須逃離這個太空艙！

等等，怎麼回事？難道地球的重力趁你們不在時翻轉了嗎？原來如此，阿波羅計畫中，有大半任務都在最後撞上水時呈現上下顛倒，使得太空人倒掛在座椅的安全帶上。

幸運的是，太空艙設有校正球，這是可以把狀況調回來的充氣球！

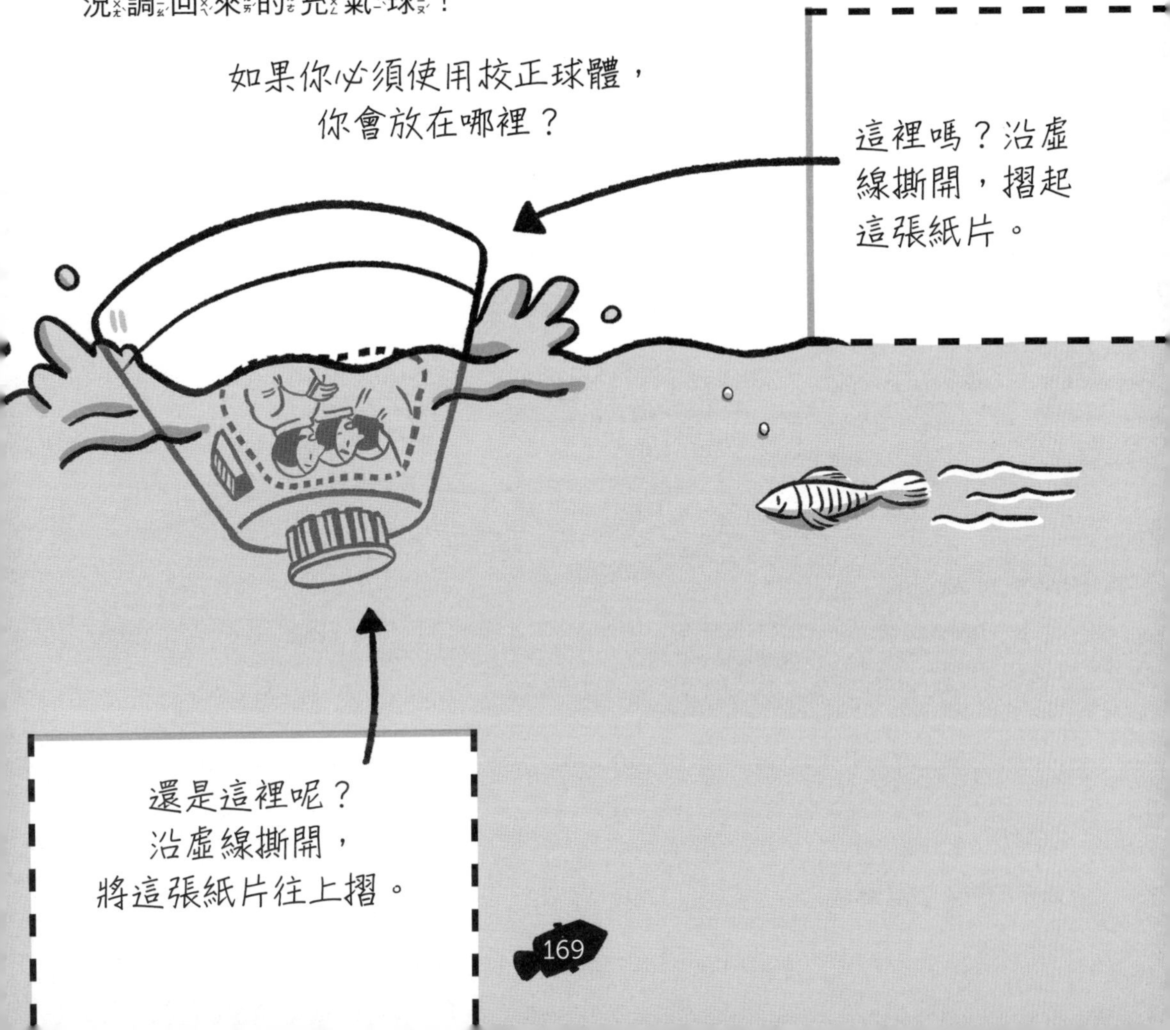
如果你必須使用校正球體，
你會放在哪裡？
這裡嗎？沿虛線撕開，摺起這張紙片。
還是這裡呢？
沿虛線撕開，
將這張紙片往上摺。

66
66

翻到第160頁。

翻到第171頁。

「救難隊來了！」傑克指向窗外。天空中有個東西正朝你們快速飛來。

是附近的救難船隻派來的美國海軍直升機！

直升機往下降，讓美國海軍士兵進入海中。他們將一個圓形筏艇套在指揮艙外圍。這樣等艙門開啟時，海水就不會灌進去。一位士兵爬上筏艇，敲響艙門。**咚**、**咚**。

「是哪位呀？」佛列德說，你們全都爆出笑聲。士兵將艙門打開時，新鮮空氣湧了進來。跟兩個人在小小艙室裡窩了六天……你從未聞過這麼甜美的味道。

又或許你聞過？！把回憶中的氣味畫在第170頁上。完成後，翻到下一頁。

恭喜你成功逃脫了！

世界各國都為了向你致敬而舉辦遊行。將你扮演的角色畫進遊行中，方便記錄你的進度。同時在榮耀臂章上，畫出你執行任務的帥氣模樣！

在這裡畫出
任務指揮官。

在這裡畫出
月球車駕駛。

榮耀臂章
月球車駕駛
飛行指揮官
任務指揮官

太空人，
歡迎
回來！
在這裡畫出
飛行指揮官。

我有個祕密，可是我只跟有潛力成為逃脫大師的人分享。
證明你有這種本事吧！翻回第7頁再試別條路線。
等這三條路線都完成後，而且只有等到那時，
你才能翻到第174頁。

恭喜你來到這一頁！

你證明了自己的能耐。距離成為我的助手又靠近了一步，或許終有一天你能成為一名逃脫大師——也許啦。

好了，我會按照承諾，透露更多關於我的事。你知道我多有才華，所以可能會覺得很難相信我要說的事。但是，其實我現在正被鎖在一個房間裡……我出不去。這就是我需要助手的原因。

如果你繼續完成精彩的逃脫行動（像我以前那麼厲害的話），總有一天我們會相見！

伊弗洛・切里胥韋斯，
人人崇拜的逃脫大師

備註：我的姓氏切里胥韋斯（Cherishwise）其實是某位名人的名字調過字母順序的結果，那個人跟我追求的目標很像。你知道是誰嗎？對了，再提示你一下，不是指那位名人自己取的名號喔，是指那個人的父母所取的出生姓名。

逃脫大師檔案

逃脫大師的書桌便利貼

很遺憾，美國太空總署在1960跟1970年代雇用的女性不多。在阿波羅計畫期間，美國太空總署中的成員至少有95%是男性。是的，還是有女性在那裡工作，她們真的非常厲害！包括喬安．摩根——阿波羅11號執行期間，任務控制中心的唯一女性；還有波比．諾斯卡特——幫忙引導阿波羅13號組員回到地球的工程師，當時一場爆炸驚擾了他們的太空船。至於我虛構的角色莉內特，不可能在這個時空背景負責模擬測試。後來，美國太空總署努力要改善這件事，開始聘用更多女性。

為了增加逃脫行動的刺激性，我將阿波羅任務控制中心的工作類型整併成四大類別。比方說，我將「**推進系統工程師**」和「**減速火箭點火員**」併在「**火箭控制員**」這個類別底下。還有我把「**電力、環境和通訊控制員**」（EECOM）併入「**系統檢查員**」裡。這種範圍較廣的類別才能方便驅動我發出挑戰的推進力——我可不會讓細節絆住我！

重點知識！

月球的重力是地球的六分之一，每樣東西和每個人在那裡感覺起來都會變輕！

管粉是我 ☆☆☆☆☆

叫我P-TUBE氣送管大師

氣送管不是什麼新奇的東西，19世紀初期就有商店和銀行在使用這個設備了。不過我們的服務還是能讓你覺得驚豔！問問NASA吧，我們可是能讓他們在使用氣送管時，在45秒內就將訊息從一端傳到另一端呢！

銷售中：二手人類離心機

美國太空總署幾十年來，為了研究「g力」——高速移動時，人體承受的力道——都用「嚇人的酷刑室」來旋轉太空人，作為太空旅行的訓練。這次降價銷售！注意，**運費另計**。

啊啊啊啊！

徵求幫手！

你是否夢想成為美國太空總署的航空醫官？你可以的！只要擁有醫學學位以及願意在任務之後，和阿波羅太空船組員一起隔離21天——當然是為了確保他們並未感染月塵熱病！

這架機器可讓太空人練習面對在發射升空時，會體驗到的非凡力量。他們很討厭這機器引發的暈眩感和嚇人感受——可是送朋友當生日禮物也許會很有趣！

時裝下架通知！

所有的太空人應該停止穿戴美國太空總署1963年的集尿裝置。水星計畫測試飛行因為這裝置的瑕疵出了嚴重差錯！當時太空人高登．庫珀在執行時長34小時的任務，接近尾聲時，單人太空艙裡的系統開始失靈，而且找不到明顯的原因。幸運的是，他可以手動操作，重新回到大氣層裡並安全著陸，但差點就發生災難了。回到地球後，美國太空總署發現問題關鍵：高登的尿袋滲漏，一滴滴的尿侵入了線路系統！

我可以引用你的話嗎？

在一部有名的電影裡，扮演阿波羅13號太空人的演員說：「休士頓，我們有麻煩了。」（“Houston, we have a problem.”）可是在現實中，太空人吉姆．洛威爾是這麼說的：「休士頓，我們剛剛有了麻煩。」（“Houston, we’ve had a problem.”）你可以看出差別嗎？

堅持不懈

釋義：儘管困難重重，仍不放棄持續同一個行動。

例句：阿波羅14號的指揮艙飛行員斯圖．羅薩試圖將指揮艙跟登月艙對接起來，為此堅持不懈——指揮艙頂端的對接裝置一直無法扣進錐形筒，兩個艙體總是互相彈開。他試著放慢速度，然後再加快……但似乎都沒用。不過他一直沒放棄，將近兩小時後，終於順利連接起來！（NASA的結論是，可能是一點塵土或汙垢造成的干擾。）

NASA簡語課 開班啦！

所有朋友都在討論美國太空總署時下最流行的簡稱專業術語，只有你不懂而難為情？現在你有機會一起酷起來！我們會教你所有術語簡稱，像是：

CM：指揮艙

CSM：指揮服務艙

LM：登月艙

S/C：太空船

EVA：艙外活動，太空人在太空船外做的任何事。

1969年7月21日，尼爾．阿姆斯壯和巴茲．艾德林進行了有史以來第一次在月球表面上的艙外活動——月球漫步！

一枝小小筆，解決大問題

任務成功之後，阿波羅11號的尼爾．阿姆斯壯和巴茲．艾德林準備離開月球。巴茲正在用筆寫筆記，這時他注意到他或尼爾一定撞過登月艙的控制儀表板，因為發動起飛引擎的開關斷掉了！他們可能會困在月球上！巴茲並未驚慌失措。他明白解決問題的關鍵就在他的手裡：他可以用這枝筆來啟動開關！

資訊圖表雜誌

前往月球的任務不曾發生降落傘線糾纏不清的狀況，但阿波羅15號確實經歷了一次重大的降落傘失靈事故。

這個降落傘扁掉了。另外兩頂繼續開著，太空艙最後安全的降落在水裡。

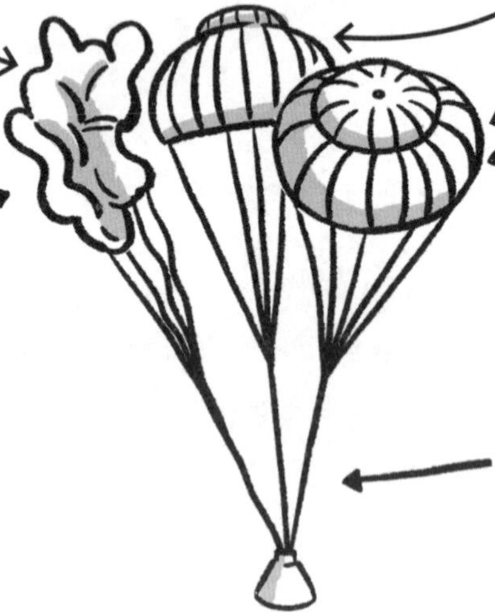

每頂降落傘上都有約2000平方公尺大的布料。

布料上有兩百萬道縫線，避免扯裂。

每頂降落傘都有長達約2.5公里的懸吊線。

打包這些巨型降落傘的時候要萬分小心。單是要摺好、存放一頂，就要花一週的時間。

小寶貝量體重囉！

你知道嗎？人類寶寶體重大約3.5公斤。
非洲象寶寶體重大約90公斤。
藍鯨寶寶體重大約2700公斤。

＊動物相對大小並未按實際比例繪圖

今天先不穿內褲

在一次NASA的訓練任務期間，太空人必須脫掉內褲。為什麼？因為當時他們的內褲散發氟化鋰——這種氣體有毒！

帶什麼上月球

在阿波羅11號上，太空人麥克·柯林斯在自己的個人喜好袋裡放了三面旗幟：美利堅合眾國、哥倫比亞區以及美國空軍的旗幟。

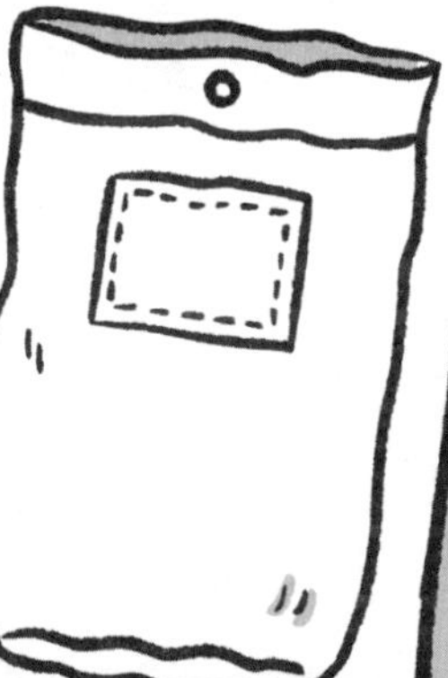
你的隨身物品必須裝得進這裡面！

有一就有二雷擊也是

阿波羅12號的農神5號火箭被閃電擊中兩次：一次在起飛36秒後，52秒時又一次。太空船的系統有些損壞，但這場任務並未中止。

EVA代表「艙外行動」。

親愛的EVA專家：

????

我正要踏上一場阿波羅任務。我們在太空行進的時候，我可以到太空船外頭去嗎？

不懂．阿波羅
敬上

親愛的不懂：

當然，可是要先做好心理準備，這趟路程會是你這輩子最艱難的一次！只要問問太空人尤金．塞爾南就知道。在他執行雙子星任務期間，曾試圖到飛行中的太空船外面——那時他還沒有執行阿波羅任務。尤金的心跳開始變得太快，他重重的呼吸也讓頭盔起了霧，後來他要回到太空船內還費盡千辛萬苦！所以我建議，太空船行進期間就留在艙內，為了之後的月球漫步省省力氣！

祝順利
EVA專家

人VS.電腦

在阿波羅11號任務期間，登月艙的電腦開始出狀況。尼爾．阿姆斯壯接手控制，並由組員同伴巴茲．艾德林負責描述逐漸減少的燃料和高度。尼爾為了找到更安全的降落地點，選擇持續飛越一個巨大坑洞和一片布滿大岩塊的區域。

鳥句觀察師的分享

我常常被這麼問：「你最喜歡的關於鳥的名言是什麼？」答案很簡單！尼爾．阿姆斯壯將登月艙安全帶到月球表面上的時候，他向全世界宣布：「老鷹號已經著陸。」

如何實況觀看 登陸月球

當阿波羅11號空人在月球上跨出第一步時，這肯定是二十世紀電視史上最重大的一刻！沒有電視？可以去幾個地方看：朋友家、機場，甚至是電器行！

美國西爾斯百貨當時將裡面的所有電視全都轉到登陸月球的轉播，好讓顧客可以看到這個歷史性的時刻！

見見美國航太總署的偉大人物們

在電腦能夠以閃電般的速度進行運算以前，「人類電腦」——美國太空總署的數學家——常常耗費好幾小時、好幾天或好幾星期做一項計算，以便確保數字是正確的。這些計算答案會幫忙擬定精密的規劃，訂出飛航路線、太空行動，和其他阿波羅任務的活動，好盡可能降低太空任務的風險。以下這三位女性就在那些偉大的人類電腦之中，她們的聰明才智和足智多謀協助推動了太空探索，卻不見得總是能得到該有的認可。

凱薩琳·強森
桃樂斯·范恩
瑪麗·傑克森

滴答響雜誌

你能在一瞬間做什麼事？

在發射後0.1秒內，農神5號火箭的第一段就燒掉大量燃料。有多少？大約是查爾斯・林白所駕駛飛機的使用量的10倍，他在1927年成為史上第一位單獨飛越大西洋的飛行員。這表示農神火箭每秒燒掉超過約1萬5千公斤的燃料。

獎章雜誌

想贏得美國太空總署的傑出服務獎章嗎？那麼就效仿技術人員傑克・加曼吧！阿波羅11號發射以前，他寫下登月艙電腦可能會產生的所有不同的警訊代號——以及美國太空總署應該怎麼因應每一種警訊。所以當代號1202在他的螢幕上閃動，必須立即做出決定時，傑克只要查看自己的清單，就立刻知道這項任務應該繼續下去。美國太空總署因為他反應快，以及沒有中止任務，而頒贈獎章給他。

關鍵抉擇時刻

你在阿波羅13號任務上。前往月球的途中，你的指揮服務艙發生一場爆炸，你被通知說，你不能降落在月球表面上。你會怎麼做？

- ☐ 停下來並回家？
- ☑ 繼續前往月球？

阿波羅13號團隊決定繼續前往月球，而不是直接返回地球。

困住了嗎？這裡有謎題解答

第 8 頁： 神祕暗號是「A至刂B」（合起來就是「A到B」）

第 15 頁： 第一格連起來是「2」；

第二格的紙條答案是「蟻定要時時小心船上的外星人」，所以第四個字是「時」；

第三格答案是「＋」；

第四格圈出來的形狀是「4」。

全部合起來就是：翻到第「2時＋4」（24）頁

第 35 頁： 翻到第「十五加二十二」（37）頁

第73頁： 翻到第75頁

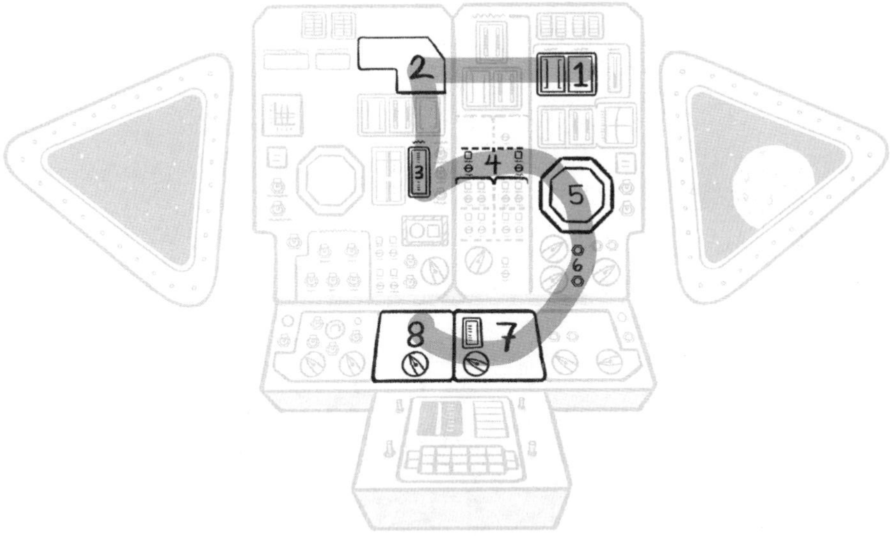

2
1
3
4
5
6
8
7

第 83 頁： 共看到六次警告，前往第86頁。

第 92 頁： 翻到第116頁。

第107頁： 計算100-3X3得到91。翻到第91頁。

第114頁： 路線填字為「蕃到弟義百午十再加上石四頁」，可諧音譯為「翻到第一百五十再加上十四頁」，

150+14=164，翻到第164頁。

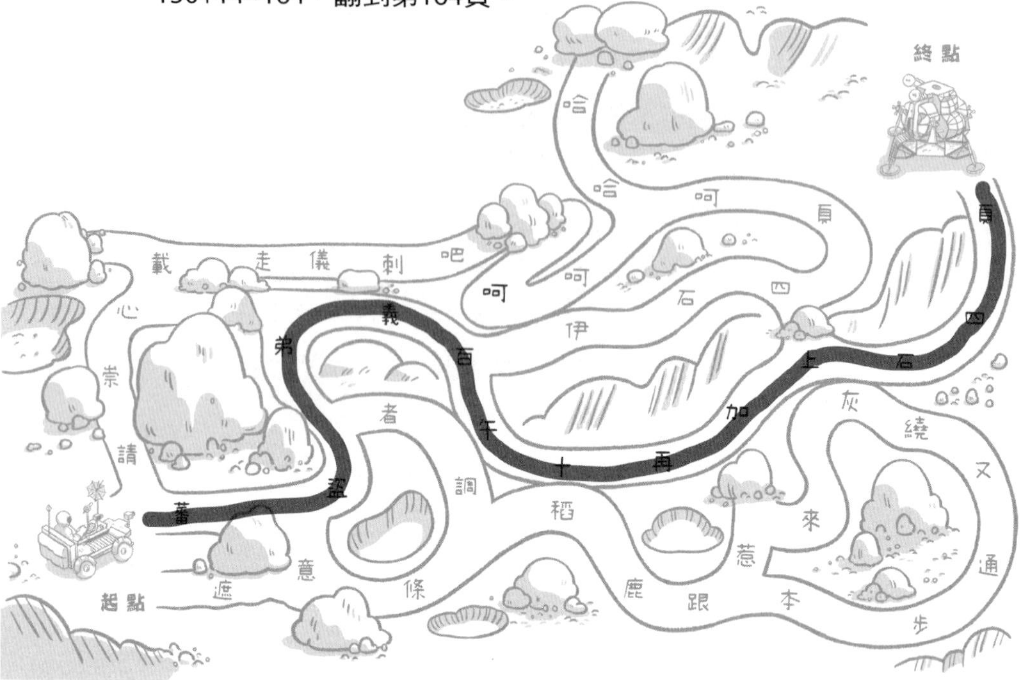
終點
哈
哈
呵
頁
載
走
儀
刺
吧
呵
呵
心
義
石
四
弟
伊
四
百
崇
石
上
者
午
加
灰
繞
請
十
再
又
盜
調
蕃
稻
來
意
惹
通
起點
遮
條
鹿
跟
本
步

第119頁： 6+9+5=20，正確答案是20。

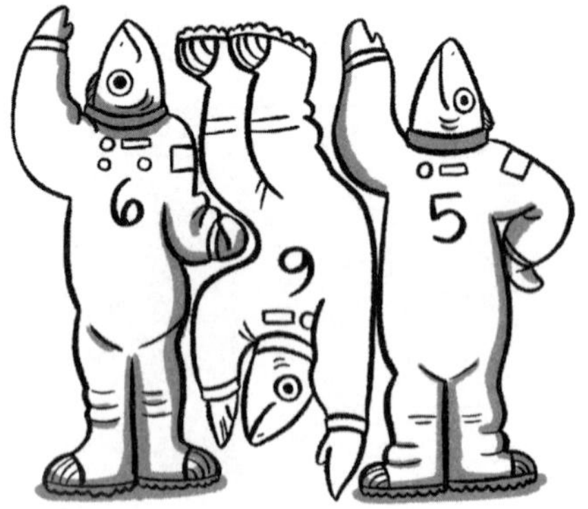
6
9
5

第121頁： 飛機的機翼應該會顯示這句話：快翻到第125頁。

第146頁： 翻到第137頁。

第148-149頁：圈出英文字如下圖後，按順序填上剩下的字母，會排出這個英文句子：TURN TO THE NEXT PAGE，意思是「翻到下一頁」。

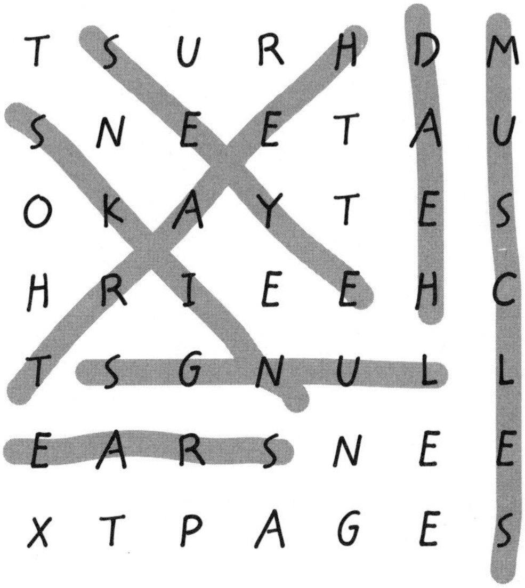
T S U R H D M
S N E E T A U
O K A Y T E S
H R I E E H C
T S G N U L L
E A R S N E E
X T P A G E S

第168頁： 拼圖會顯示「接下來前往第167頁」。

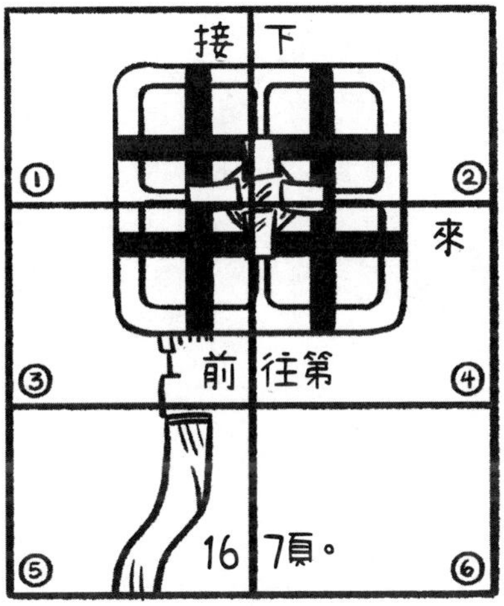
接 下
①
②
來
③
前 往第
④
⑤
16 7頁。
⑥